Bjørn Ingvaldsen
LUCY'S SONG

Bjørn Ingvaldsen

Lucy's Song

Aus dem Norwegischen
von Christel Hildebrandt

Boje

Zur Erinnerung an unsere Mütter

Boje Verlag
in der Bastei Lübbe GmbH & Co. KG

Die norwegische Originalausgabe erschien 2010 unter dem Titel
»Sangen om Lucy« bei Gyldendal, Oslo.

Aus dem Norwegischen von Christel Hildebrandt
Umschlaggestaltung: Kirstin Osenau
Einbandmotiv: © iStockphoto/Périg MORISSE; © shutterstock/Alice;
© getty-images/Erik Dreyer
Satz: Bosbach Kommunikation & Design GmbH, Köln
Gesetzt aus der Weiss Antiqua
Druck und Einband: CPI-Ebner & Spiegel, Ulm

Printed in Germany
ISBN 978-3-414-82312-0

1. Auflage 2011

Sie finden uns im Internet unter: www.boje-verlag.de

At the age of thirty-seven she realized she'd never
Ride through Paris in a sports car with the warm wind in her hair

Shel Silverstein, The Ballad of Lucy Jordan

Es war auf einer Lichtung. Auf der Lichtung, die immer das Ziel unserer Spaziergänge war. Von Mama, Lucy und mir. Aber jetzt waren noch andere Leute dort. Ich weiß nicht, wer. Und ein Auto. Ein blaues Auto. Die Türen standen auf einer Seite offen. Das Wetter war schön. Die Sonne schien. Auf der Erde lagen Decken. Aus dem Wagen ertönte Musik. Ich saß auf einer der Decken. Gleich neben mir stand ein Grill. Ich konnte die Würstchen riechen. Mein Lieblingsessen. Jemand lief auf der Lichtung hin und her. Sicher irgendwelche größeren Kinder. Ich glaube nicht, dass sie zu uns gehörten. Jemand gab mir ein Würstchen in die Hand. Ein Würstchen in einem Stück Brot. Der Ketchup tropfte auf meine Kleidung. Ich wusste, das machte nichts, denn Mama sah mich lächelnd an. Sicher sangen die Vögel. Die Musik war ziemlich laut. Lucy saß auf der gleichen Decke neben mir. Sie streckte die Hände nach etwas aus. Ich weiß nicht, was das war. Vielleicht ein Ball. Oder eine Blume. Einige der Erwachsenen lachten laut. Riefen etwas. Jemand drehte die Musik aus, suchte einen anderen Sender. Wieder erklang Musik. Mama stutzte, sagte etwas, dann lachte auch sie. Und dann tanzte sie über das Gras der Lichtung. Sie tanzte zu dem Song. Da war dieser Song. Der Song, den sie so gern sang. Lucy's Song.

Ich sah das Radio über dem Bett an. Mama hatte es vor ein paar Jahren für die Küche gekauft. Jetzt hatte sie es mit ins Krankenhaus genommen. Das war eine nette Gesellschaft, sagte sie. Wenn es ihr zu schlecht ging, um zu reden oder zu lesen, dann war es schön, das Radio einzuschalten. Ein wenig Musik und etwas Unterhaltung. Und Nachrichten. Sie wollte wissen, was passierte.

Der Song war zu Ende. Die Ansagerin im Radio erklärte, was wir gehört hatten. »The ballad of Lucy Jordan«. Lucy's Song.

Ich schaute Mama an. Sie sah immer so klein aus, wenn sie in diesem Bett lag. In so einem Krankenhausbett, das in alle möglichen Richtungen gedreht, gehoben und gesenkt werden konnte. Mit einem großen Kopfkissen und einer dicken Bettdecke. Sie verschwand fast darin. Und obwohl ich leise ihren Atem hören konnte, bewegte sich die Bettdecke nicht.

Ich stand auf und drehte das Radio leiser. Es gab Sportnachrichten. Mama interessierte sich nicht für Sport. Die Tür hinter mir ging auf, jemand schaute ins Zimmer, war aber schon wieder verschwunden, bevor ich sehen konnte, wer es war. Nur Mama und ich waren im Raum. Mama und ich und Mamas Atemzüge.

Ich nahm das Comicbuch hoch, in dem ich gelesen hatte, und blätterte die Seiten durch, die ich schon gelesen hatte. Es war ziemlich langweilig. Meine Tante hatte mir ein paar Bücher gegeben und gesagt, ich würde die Comichefte zu schnell durchlesen. Da sei es besser, wenn ich gleich ein ganzes Comicbuch hätte. Stimmt wohl, dachte ich, ist sicher besser, wenn es ein gutes Buch wäre. Das war dieses hier nicht. Langweilige Zeichnungen und eine Geschichte, von der ich nicht viel verstand. Irgendetwas in der Zukunft.

Ich war wohl eingeschlafen. Das Buch fiel mir aus der Hand und rutschte auf den Boden. Es gab einen lauten Knall. Ich beugte mich hinunter, um es aufzuheben. Mama drehte sich zu mir. Sie lächelte.

»Sitzt du immer noch hier?«, fragte sie.

»Ich wollte warten, bis du aufgewacht bist«, erwiderte ich.

»Das ist lieb.«

»Sie haben gerade das Lied gespielt. Im Radio. Das Lied über Lucy. Das du immer gesungen hast.«

»Die Ballade von Lucy Jordan«, sagte Mama. »Ein trauriges Lied.«

»Findest du, dass es so traurig ist?«

»Es handelt von einer Frau, die nur zu Hause ist und sich langweilt. Ihr Mann arbeitet und die Kinder sind in der Schule. Sie hat nichts anderes zu tun, als sich um die Blumen zu kümmern. Sie denkt daran, dass sie inzwischen siebenunddreißig Jahre alt ist und niemals mehr erleben wird, in einem Cabrio durch Paris zu fahren, während ihr der warme Wind durch die Haare weht.«

»Traurig«, sagte ich.

»Und dann klettert sie aufs Hausdach und schreit, bis ein Krankenwagen kommt und sie abholt.«

»Warum hast du das Lucy immer vorgesungen?«

»Weil es ein schönes Lied ist. Und weil Lucy Lucy heißt. Einfach deshalb.«

»Aber Lucy ist doch nach unserer Urgroßmutter benannt, oder?«

»Nach meiner Urgroßmutter. Sie war Dänin. Deine und Lucys Ururgroßmutter.«

»Jedenfalls haben sie das gerade im Radio gespielt.«

»Weißt du«, sagte Mama, »ich glaube, das habe ich auch gehört. Während ich geschlafen habe. Auf jeden Fall habe ich gerade von dem Lied geträumt.«

Die Tür hinter uns wurde geöffnet. Eine Krankenschwester kam mit einem Glas Saft für Mama und einer Tablette.

»Schön, dass Sie wach sind«, sagte sie.

»Das nützt nicht viel«, sagte Mama mit einem Blick auf die Tablette, »mir ist immer noch genauso übel.«

Trotzdem schluckte sie die Tablette mit ein wenig Saft.

»Möchtest du auch ein Glas Saft?«, fragte die Krankenschwester mich.

»Nein danke.«

»Vielleicht ein Eis?«

»Oh ja.«

Sie lächelte und ging, um mir ein Eis zu holen. Kurz darauf kam sie mit einem kleinen Eis am Stiel mit Schokoladenüberzug wieder herein.

»Es ist warm draußen«, sagte sie.

Ich aß langsam mein Eis, während Mama wieder die Augen schloss.

»Ich habe euch viel vorgesungen«, sagte sie. »Kannst du dich noch dran erinnern? Abends. Meistens, damit Lucy ruhiger wurde.«

Ich nickte.

»Du hast auch ein Lied über Blumen gesungen«, sagte ich.

›Where have all the flowers gone‹, ja. Das mochtet ihr gern. Und dann habe ich viele Abba-Songs gesungen. Solche, wie wir sie im Radio gehört haben.«

»Du hast auch immer gesungen, wenn wir Auto gefahren sind. Lieder mit vielen Strophen.«

»Damit es keinen Krach auf der Rückbank gab«, sagte Mama.

»Ich habe immer Musik eingeschaltet oder aber selbst gesungen. Das hat jedes Mal funktioniert. Und abends, wenn ihr ins Bett gegangen seid, habe ich Gute-Nacht-Lieder gesungen. Aber die haben euch nicht so gut gefallen. Am liebsten mochtet ihr die Lieder, die ich auch mochte.«

»Vielleicht hast du ja am besten gesungen, wenn du das gesungen hast, was du auch am liebsten mochtest?«

»Das kann sein. Und vielleicht mochte ich die Lieder am liebsten, die ich am besten gesungen habe.«

»Ich singe nie«, sagte ich.

»Das solltest du aber«, sagte Mama, »du hast eine schöne Gesangsstimme.«

Ich versuchte den Song aus dem Radio zu singen, kannte aber nur die ersten Worte.

»Vielleicht finde ich den Text ja in einem der Liederbücher zu Hause«, sagte ich.

»Ich glaube nicht, dass wir den haben«, meinte Mama. »Aber du kannst im Internet suchen. Da findest du ihn bestimmt.«

Ich hörte an ihrem Atem, dass sie kurz davor war, wieder einzuschlafen.

»Ja«, antwortete ich. Obwohl ich wusste, dass sie es nicht mehr hörte.

Ich blieb noch eine Weile sitzen und betrachtete sie. Meine Mutter da im Bett. Dann dachte ich an das Bild, das zu Hause an der Wand hängt. Mit Heftzwecken an der Pinnwand befestigt. Mama und ich, Onkel und Tante. Wir machten Ferien in Italien. Lucy war woanders. Wir mieteten ein Auto und fuhren in ein kleines Dorf. Der Onkel wollte Wein bei einem Winzer kaufen, von dem er gehört hatte. Wir verfuhren uns und kamen durch mehrere Dörfer, bevor wir das richtige fanden. Es war mitten am Tag und der Weinladen war geschlossen. Wir gingen in ein Café und aßen Eis, während wir darauf warteten, dass wieder geöffnet würde. Mama lachte die ganze Zeit. Tante machte ein Bild von ihr. An dieses Bild musste ich jetzt denken. Mama, gesund und lachend. Jetzt war sie so verändert. Irgendwie nicht mehr die gleiche Mama. Auch wenn ich wusste, dass sie im Grunde noch die gleiche war, war sie es doch nicht. Alles war anders. Ihr Aussehen, ihre Stimme. Der Geruch. Die Art, wie sie Dinge betrachtete. Sicher auch die Art, wie sie dachte.

Das Foto war vom letzten Sommer.

Ich überlegte, ob ich nach Hause gehen sollte. Aber was sollte ich zu Hause? Lucy war da. Und unsere Katze. Zusammen mit irgendeiner Frau, die ich nicht kannte. Eine, die sich um Lucy kümmern sollte. Vor allem um Lucy, aber auch um mich. Um mich musste sich niemand kümmern. Ich wusste nicht, welche der vielen Frauen, die sich um uns kümmerten, heute bei uns sein würde. Ich war mir nicht einmal sicher, ob ich einen Unterschied zwischen ihnen erkennen würde. Sie redeten alle gleich und taten alle die gleichen Dinge. Ich konnte mich auch nicht mehr daran erinnern, wie sie eigentlich hießen. Wer wer war. Ich wollte lieber warten, bis meine Tante kam. Es wäre schön, wenn sie die ganze Zeit da wäre. Das ganze Wochenende. Denn die Wochenenden waren am schlimmsten. Morgen sollte Lucy wieder in die Schule. Und anschließend ins Zentrum. Solange sie dort war, kam keiner zu uns nach Hause. Keine fremde Person, die an meine Tür klopfte, keine Fremde, die sich zu mir ins Wohnzimmer setzte. Niemand, der freundlich mit mir reden wollte.

Ich ging auf den Flur hinaus, um zu sehen, ob auf dem Teewagen noch Kuchen stand. Aber es war nur Kaffee dort. Also ging ich stattdessen auf den Balkon, um nach dem Hubschrauber zu schauen. Es war toll, bei den Startvorbereitungen zuzusehen. Alle hatten es eilig, aber irgendwie auf eine eingespielte Art und Weise. Jeder wusste, was zu tun war. Und noch spannender war es, wenn der Hubschrauber landete. Wenn die Leute herumliefen, um zu helfen, den Patienten herauszuholen. Aber die Luke zum Hangar war jetzt geschlossen, ich konnte den Hubschrauber drinnen stehen sehen.

Ein alter Mann saß gleich neben mir auf einem Stuhl. Er trug ein Joggingdress und stützte sich auf ein Stativ mit einer Tropfflasche. Ein Schlauch war an seinem Arm befestigt. Er bemerkte mich nicht. Oder war nicht an Kontakt interessiert. Was mir nur recht war. Es brauchte sich niemand um mich zu kümmern. Ich beugte mich übers Geländer, um zu sehen, ob mein Fahrrad noch dort stand, wo ich es abgestellt hatte. Es stand da, es war das einzige Fahrrad, das dort im Ständer stand. Vielleicht sollte ich eine Runde Rad fahren?

Das Motorengeräusch eines Autos ließ mich aufhorchen. Ein kleines gelbes Auto hatte Probleme, aus einer Parklücke herauszukommen. Der Fahrer gab zuviel Gas und ließ den Wagen vor- und zurückhüpfen. Ich musste lachen. Das sah so komisch aus. Mir wäre es fürchterlich peinlich gewesen, wenn ich am Steuer gesessen hätte. Ein Mann und eine Frau blieben auf dem Bürgersteig stehen, um zuzugucken. Ob der Person im Auto wohl die Hitze in den Kopf schoss? Die Szene erinnerte mich an diese lustigen Filmclips, die man sich im Internet ansehen konnte. Nur schade, dass sich der Wagen direkt unter mir befand, so konnte ich nicht sehen, wer da am Steuer saß.

Endlich war es geschafft, der Wagen konnte losfahren. Ich sah dem gelben Auto hinterher, wie es die Straße entlangfuhr, bis ich einen anderen Wagen entdeckte. Ein rotes Cabrio mit offenem Verdeck. Die Frau, die ihn fuhr, hatte lange blonde Haare. Obwohl sie nicht besonders schnell fuhr, wurden ihre Haare nach hinten geweht. So ein Auto …

Sie hielt direkt unter mir an und fuhr rückwärts auf den freien Parkplatz, auf dem gerade noch der kleine gelbe Wagen gestanden hatte. Die hat keine Probleme mit dem Einparken, dachte ich. Als der Wagen stand, öffnete sich der Kofferraumdeckel von allein. Das Verdeck kam herausgefahren und legte sich an seinen Platz. Ein richtig festes Verdeck. Nicht so ein dünner Stoff. Ich wollte es weiter beobachten, sehen, wohin die Frau ging, doch da waren plötzlich Sirenen zu hören.

Ein Krankenwagen kam mit hoher Geschwindigkeit auf den Eingang der Notaufnahme zugefahren und hielt abrupt an, während zwei Personen aus dem Krankenhaus angelaufen kamen, um zu helfen. Sie öffneten die hinteren Türen und zogen eine Trage heraus. Drei Personen in Sanitäterkleidung stiegen aus dem Krankenwagen. Der eine schob Räder unter die Trage, so dass sie geschoben werden konnte. Ein anderer hielt einen großen Apparat in den Händen. Irgendwelche Schläuche waren an der Person auf der Trage befestigt. Ob es ein Mann oder eine Frau war, das konnte ich nicht sehen, aber es war viel Blut da. Jemand rief etwas und alle fünf verschwanden mit der Trage zwischen sich im Krankenhaus. Der Krankenwagen blieb draußen stehen, mit laufendem Motor und blinkendem Blaulicht auf dem Dach. Ich spürte, wie mein Herz schneller schlug.

Dann schaute ich wieder auf den Parkplatz. Die Frau, die das rote Auto gefahren hatte, war fort. Sie war sicher zum Haupteingang gegangen. Für einen Moment dachte ich, dass ich herausfinden müsste, wer sie war, um sie zu fragen, wie viel so ein Auto wohl kostet. Aber warum eigentlich? Ich könnte so ein Auto ja sowieso niemals kaufen.

Einer der Sanitäter kam wieder heraus, verschloss die hinteren Türen des Krankenwagens und fuhr ihn rückwärts in die Garage gleich neben dem Eingang. Als sich das Garagentor öffnete, konnte ich mehrere Krankenwagen drinnen stehen sehen. Da kam mir eine Idee, was ich antworten würde, sollte mich jemand fragen, was ich werden wollte: Krankenwagenfahrer. Das sah richtig heftig aus. Und man musste sicher sehr, sehr gut Auto fahren können, um einen Krankenwagen zu fahren. Aber vielleicht würde es mir doch nicht so gut gefallen, immer mit Leuten zu tun zu haben, die voll mit Blut waren.

Ich schaute auf die Uhr. Es war halb sechs. Ich hatte gesagt, dass ich um sechs Uhr zu Hause sein würde. Meine Tante wollte Essen kochen. Mein Onkel sollte mit uns essen. Vielleicht blieb er dann noch den Abend über bei uns, hatte die Tante gesagt. Was ich hoffte.

Als ich hereinkam, saß Mama im Bett. Sie blätterte in einer Zeitung. Zuerst erzählte ich ihr vom Krankenwagen und all dem Blut. Dann erzählte ich ihr von dem Fahrer des kleinen Autos, der es beinahe nicht geschafft hätte, aus der Parklücke herauszukommen.

»Das ist nicht immer so einfach«, sagte Mama. »Ich hatte auch immer Probleme beim Parken, dachte, das Auto wäre viel größer als es wirklich war.«

Dann erzählte ich von der Frau im roten Cabrio.

»Wenn wir so ein Cabrio hätten«, sagte ich.

Mama lächelte.

»Das wäre was«, sagte sie. »Aber ich weiß nicht, was wir damit anfangen sollten. Normalerweise ist doch nur Platz für zwei Personen in so einem echten Cabrio, oder? Und wir sind drei. Vielleicht könntest du im Kofferraum liegen?«

Wir mussten beide lachen.

»Es war eine Frau, die ihn gefahren hat«, sagte ich. »Du bist jetzt siebenunddreißig, genau wie die Frau in dem Lied. Träumst du davon, in einem Cabrio durch Paris zu fahren?«

»Nicht eine Sekunde lang«, sagte Mama. »Daran habe ich nicht im Traum gedacht.«

»Und würdest du es nicht machen, wenn du es machen könntest?«

Wieder lächelte Mama.

»Doch, das wäre schon toll«, sagte sie. »Paris, ja. Ich war vor vielen Jahren dort. Mit zwei Freundinnen sind wir durch Europa gefahren. Den ganzen Sommer über. In Paris kamen wir frühmorgens an. Alles war noch geschlossen, und wir wussten nicht, was wir tun sollten. Also nahmen wir einfach unsere Rucksäcke und gingen los. Plötzlich kamen wir an die Seine, den Fluss, der durch die Stadt fließt. Und von dort entdeckten wir den Eiffelturm, der von der Morgensonne angestrahlt wurde. Das war ein fantastischer Moment. Das würde ich gern noch einmal erleben.«

»Vielleicht werde ich Krankenwagenfahrer«, sagte ich.

»Aber nicht in Paris?«

»Nein, hier. Können denn Norweger in Paris einen Krankenwagen fahren?«

»Schon möglich, wenn sie sich sehr gut in der Stadt auskennen.«

»Und Französisch sprechen können.«

»Ja, das auch.«

Ich fuhr mit dem Fahrrad nach Hause. Meine Tante fragte mich, ob ich bei Freunden gewesen sei. Sie war der Meinung, dass ich nicht so oft im Krankenhaus sein sollte, weil sie befürchtete, das würde Mama zu sehr anstrengen. Und dass es zu viel für mich wäre. Doch ich hatte keine Lust, mit meinen Freunden zusammen zu sein. Jetzt nicht. Alles war so anders für mich. Und für sie nicht. Sie machten das, was sie immer gemacht hatten, dachten sicher nicht einmal darüber nach. Ich wartete die ganze Zeit, dass einer mich mal fragen würde, was mit meiner Mutter war. Wie es ihr ging. Und war enttäuscht, dass niemand fragte. Gleichzeitig fürchtete ich die ganze Zeit diese Fragen, hatte Angst, dass sich jemand Sorgen machen würde. Hatte Angst, ich könnte falsch antworten. Hatte Angst, dass ich ihnen leidtun könnte. Sie war diejenige, die krank war, nicht ich. Sie war es, die einem leidtun konnte. Ich war vollkommen gesund.

Die Tante hatte Makkaroni mit Hackfleischsoße gekocht. Mein Onkel saß in der Küche und versuchte ein Radio für mich zu reparieren.

»Schaffst du das?«, fragte ich.

Er nickte und brummte, zwischen den Lippen mehrere Schrauben.

Die Tante stellte das Essen auf den Tisch. Lucy hatte schon gegessen. Sie war etwas unruhig gewesen, erzählte die Tante. Dann ist es am besten, ihr etwas zu essen zu geben; sie wird ruhiger, wenn sie gegessen hat.

Der Onkel schob den Radiostecker in die Steckdose in der Wand. Es war etwas zu hören.

»Eine Sicherung war kaputt«, sagte er. »Jetzt könnt ihr das Radio hier in der Küche haben. Als Ersatz für das andere, das im Krankenhaus ist.«

»Bleibst du heute Abend hier?«, fragte ich meine Tante.

Sie nickte.

»Ich bleibe bis zwölf Uhr. Dann kommt eine Frau von der Krankenpflege, die bis morgen früh bleibt. Bis Lucy geht.«

»Ich mag nachts nicht aufstehen und aufs Klo gehen, wenn die hier sind«, sagte ich. »Die von der Krankenpflege. Die fragen mich immer, ob etwas nicht in Ordnung ist oder ob ich etwas brauche. Obwohl ich doch nur aufs Klo gehen will.«

»Die meinen es ja nur gut«, sagte die Tante. »Die wollen sich nur um dich kümmern.«

Ich nickte.

»Schon, aber das ist trotzdem nervig«, sagte ich.

»Na klar«, sagte der Onkel. »Aber denk immer dran, du bist derjenige, der hier wohnt. Du bist der Chef. Wenn du aufs Klo musst, dann musst du eben aufs Klo.«

»Ich ziehe mich immer erst an, wenn ich aufs Klo gehen will«, sagte ich. »Weil ja Fremde in der Wohnung sind.«

»Das musst du nicht«, sagte die Tante.

»Hast du keinen Bademantel?«, fragte der Onkel. »Wenn du den überziehst, bist du angezogen genug.«

Wir aßen.

»Oh, das war gut«, sagte der Onkel.

»Das sagst du immer, wenn du isst«, bemerkte die Tante.

»Ja, weil ich gerne esse«, erwiderte er.

»Wart ihr schon mal in Paris?«, fragte ich.

»In Paris? Was soll ich denn da?«, fragte der Onkel. »Ich kenne niemanden in Paris. Wenn ich wegfahren will, dann fahre ich in die Hütte. Dafür haben wir ja eine Hütte.«

»Aber du warst doch mit in Italien«, sagte ich.

»Weil ihr mich dazu überredet habt.«

»Ich würde gern mal nach Paris fahren«, meinte die Tante.

»Aber du kennst da doch auch niemanden«, sagte der Onkel.

»Nein, aber ich könnte ja jemanden kennen lernen. Und mir all die berühmten Plätze ansehen. Den Triumphbogen und den Eiffelturm. Und all die Museen. Das wäre bestimmt fantastisch.«

»Bitteschön, fahr nur«, sagte der Onkel. »Vielleicht kannst du ja deine Freundinnen dazu überreden, mit denen du im Winter immer auf die Kanarischen Inseln fährst.«

»Die beiden, oh nein«, wehrte die Tante ab. »Die wollen nur dorthin fahren, wo sie sich sonnen können. Nie im Leben würden die nach Paris fahren.«

»Mama will auch nach Paris. Sie möchte noch einmal den Eiffelturm in der Morgensonne sehen. Und mit einem Cabrio durch die Stadt fahren.«

»Dann muss sie aber viel Zeit mitbringen«, meinte mein Onkel. »Da ist sicher immer Stau. Und viele ungelduldige Menschen, die hupen und schimpfen.«

»Genau wie du, wenn wir zur Hütte fahren und jemand zu langsam fährt«, warf die Tante ein.

»Willst du denn auch nach Paris?«, fragte der Onkel mich.

»Ich? Na klar. Aber vielleicht noch lieber ins Disneyland. Oder nach Thailand.«

»Vor den Toren von Paris gibt es auch ein Disneyland«, sagte die Tante.

»Du kannst mit mir zur Hütte kommen«, schlug der Onkel vor. »Wir können sicher Makrelen fangen.«

Nach dem Essen setzten wir uns ins Wohnzimmer. Onkel und Tante tranken Kaffee. Lucy saß auf dem Teppich und guckte Fernsehen. Es war der gleiche Zeichentrickfilm, den sie schon tausendmal gesehen hatte. Ich drehte den Ton fast ganz herunter. Lucy mag keine lauten Geräusche.

»Meine Mutter ist gestorben, als ich noch ziemlich jung war«, erzählte der Onkel. »Wusstest du das? Ich war erst fünfzehn.«

»War sie krank?«

»Nein, es war ein Unfall. Meine Eltern hatten ein Boot gekauft. Meine Mutter hatte von ihren Eltern eine Hütte am Meer geerbt. Dazu gehörte ein kleines Ruderboot zum Baden oder Angeln. Es hatte auch einen Außenbordmotor, aber den haben wir nie starten können. Mein Vater hat sich dann ein größeres Boot gekauft, eines, das richtig schnell fuhr.«

»Und mit dem ist der Unfall passiert?«

»Ja, meine Eltern wollten ein paar Freunde besuchen, die eine Hütte weiter draußen am Fjord hatten. Spät in der Nacht oder vielleicht sogar schon am ganz frühen Morgen sind sie mit dem Boot dann zurück zu unserer Hütte gefahren. Es war noch nicht richtig hell. Mein Vater gab Vollgas und prallte auf ein Riff. Das Boot wurde aufgerissen und meine Eltern herausgeschleudert. Dann explodierte das Boot. Die Flammen standen mehrere Meter hoch.«

»Oh je«, sagte ich.

»Jemand an Land sah die Flammen, und mit zwei Booten sind sie rausgefahren, um zu helfen. Mein Vater lag auf dem Fels. Er hatte einige Knochenbrüche und Verbrennungen. Aber meine Mutter wurde nie gefunden.«

»Nie?«

»Nein, sie haben mehrere Tage nach ihr gesucht. Zuerst mit Booten, dann auch mit einem Hubschrauber. Zum Schluss kamen sogar Taucher. Aber sie war verschwunden. Bestimmt hat die Strömung im Fjord sie mit ins Meer gezogen. Vielleicht blieb sie irgendwo auf dem Grund liegen. Wer weiß.«

»Wie unheimlich.«

»Ja, und traurig. Stell dir nur vor, was wir für einen Schreck gekriegt haben. Ich war mit meinen Geschwistern zu Hause. Wir wurden am Vormittag von unserer Tante geweckt. Sie kam zusammen mit einem Pfarrer, um uns alles zu erzählen. Wir haben nicht geglaubt, dass das stimmt.«

»Einem Pfarrer?«

»Ja.«

»Und wie ging es deinem Vater?«

»Na, er kam natürlich ins Krankenhaus und es ging ihm bald besser. Aber er ist nie wieder ganz gesund geworden. Er konnte sich das, was passiert war, nie verzeihen. Dass er so schnell gefahren ist und vielleicht nicht ganz nüchtern war. Den Rest seines Lebens war er davon überzeugt, am Tod unserer Mutter schuld zu sein.«

»Das war er ja auch.«

»Ja, im Grund genommen schon. Aber wir dachten nicht so. Nach dem ersten Schock haben wir es als einen Unfall angesehen. So etwas kann passieren. Aber es war schrecklich, dass es kein Grab gab, zu dem wir hätten gehen können.«

»Aber dein Vater, der ist jetzt auch tot, oder?«

»Ja. Er hat sich immer weiter Vorwürfe gemacht. Ich glaube, als er dann später Krebs bekam, hat er sich fast darüber gefreut. Jedenfalls hielt er die Schmerzen lange Zeit aus, bevor er endlich zum Arzt ging. Da war es schon zu spät, um etwas zu tun. Er kam ins Krankenhaus und drei Wochen später ist er gestorben. Sein Lebenswille war einfach nicht mehr da. Das haben sie im Krankenhaus auch gesagt. Er hat nichts mehr gegessen. Nach drei Wochen ist er gestorben.«

»Kann man das?«, fragte ich. »Einfach beschließen zu sterben?«

»Oh ja, das kann man«, sagte der Onkel.

»Na, na, jetzt übertreibst du aber ein bisschen«, sagte Tante. Sie war mit Lucy im Badezimmer gewesen. »Gesunde Leute können nicht einfach beschließen, dass sie sterben möchten. Das glaube ich nicht. Aber es stimmt schon, dass kranke Menschen auch den Willen haben müssen, wieder gesund zu werden. Wenn man einfach aufgibt, dann stirbt man schnell. Davon habe ich auch schon gehört.«

»Unsere Katze«, sagte ich, »die wir vorher hatten, die ist einfach gestorben. Sie hat aufgehört, rauszugehen, weil sie so alt war. Aber eines Nachts, da wollte sie raus. Mama hat sie in den Garten gelassen. Am nächsten Morgen haben wir sie gesucht. Da lag sie tot im Fahrradschuppen. Mama meinte, sie hätte wohl gefühlt, dass ihre Zeit gekommen war und wollte in Ruhe sterben.«

»Meine Güte, was ist das alles für ein Gerede vom Tod«, warf die Tante ein. »Gibt es keine netteren Gesprächsthemen?«

Der Onkel und ich, wir sagten nichts.

»Wir können ja unsere Fahrt in die Hütte planen«, schlug der Onkel schließlich vor.

»Glaubt ihr, dass Mama überleben will?«, fragte ich.

Onkel und Tante schwiegen einen Augenblick lang.

»Ja«, sagte mein Onkel dann.

»Sie hat ja so viel, wofür sie lebt«, sagte die Tante. »Lucy und dich. Alle, die sich um sie kümmern. All ihre Interessen. So viel Schönes, auf das sie sich freuen kann.«

»Sie hat heute von Paris gesprochen«, sagte ich.

»Da siehst du es«, sagte die Tante.

Ich sagte nicht, dass eigentlich ich es gewesen war, der Paris zur Sprache gebracht hatte.

Die Tante brachte Lucy ins Bett. Der Onkel schaute auf die Uhr und meinte, es wäre an der Zeit für ihn, nach Hause zu kommen.

»Fährst du mich?«, fragte er die Tante.

Ich versprach, nach Lucy zu sehen, solange sie den Onkel nach Hause brachte.

»Ich bin in einer halben Stunde zurück«, sagte sie. »Wir müssen unterwegs noch ein bisschen einkaufen.«

Ich ging in Lucys Zimmer. Sie schlief schon. An der Wand über ihrem Bett hingen ein paar Zeichnungen von ihr. Es war nicht zu erkennen, was sie darstellen sollten. Wahrscheinlich sollten sie gar nichts darstellen. Es waren einfach nur Zeichnungen.

Ich dachte daran, dass ich heute Mama angeschaut hatte, während sie schlief. Jetzt schaute ich Lucy an. Träumte sie manchmal? Wovon mochte sie wohl träumen? Sie wusste ja so gut wie nichts. Wovon konnte man dann träumen? Vom Essen? Und den Willen zu leben, hatte sie den? Ich streckte die Hand aus und legte sie ihr über Mund und Nase. Sie konnte nicht atmen. Ich hielt fest, ganz fest. Sie drehte den Kopf, warf sich zur Seite. Ich ließ los.

Es kam ein Seufzer von ihr. Dann schlief sie wieder. Genauso friedlich wie vorher. Der Wille zu leben, dachte ich. Das ist sicher ein starker Wille. Aber zum Schluss sterben alle, ganz gleich, wie stark der Wille auch ist. Fliegen sterben, Schmetterlinge sterben. Elefanten sterben auch.

Ich verließ das Zimmer und machte die Tür hinter mir zu. Lucys Zimmer. Wenn man bedachte, dass sie meine große Schwester war.

In dieser Nacht schlief ich nicht gut. Zuerst wachte ich mehrere Male von den Geräuschen auf, als jemand auf dem Flur entlanglief. Das war sicher meine Tante, die gehen wollte, und die Nachtwache, die kam. Was das für Geräusche waren, die ich danach hörte, konnte ich nicht sagen. Als ich endlich einschlief, träumte ich, ich stünde auf dem Balkon des Krankenhauses und schaute hinunter. Es war wahnsinnig weit bis zur Erde. Ich wollte nach meinem Fahrrad gucken, entdeckte aber stattdessen meine Mutter. Sie war angezogen und bereit, nach Hause zu gehen. Ich rief ihr zu, sie solle bleiben, aber sie hörte mich nicht. Sie ging einfach immer weiter. Ich wollte, dass sie zurückkommt. Ich glaube, dann bin ich vom Balkon gefallen. Kurz darauf wachte ich davon auf, dass die Tür zu meinem Zimmer geöffnet wurde. Das war die Nachtwache. Ich hatte wohl laut geschrien.

Als ich wieder eingeschlafen war, befand ich mich immer noch im Krankenhaus. Aber jetzt stand ich draußen, dort, wo die Rettungswagen hereinfahren. Ein Krankenwagen kam mit Sirenengeheul heran, er blieb direkt vor mir stehen. Sie zogen eine blutige Gestalt aus dem Wagen. Das Blut tropfte auf den Boden. Zuerst konnte ich vor lauter Blut nicht sehen, wer es war, doch dann stellte ich fest, dass es die Dame in dem roten Cabrio war. Aus ihren Ohren und ihrem Mund lief Blut. Ich versuchte ihr etwas zuzurufen, fragte sie, ob sie mit ihrem Auto verunglückt sei, ob es kaputt sei. Sie antwortete nicht, also rief ich noch lauter. Da drehte sich einer der Sanitäter zu mir um und sagte, dass die Frau tot sei und das sei meine Schuld. Ich hätte besser auf sie aufpassen sollen, sagte er. Ich versuchte zu erklären, dass ich mit dieser Frau nichts zu tun hatte. Aber niemand hörte auf mich. Ich wollte weglaufen, rutschte aber auf dem Blut aus und kam nicht vom Fleck. Jedes Mal, wenn ich versuchte, etwas zu sagen, schluckte ich jede Menge von ihrem Blut. Menschenblut, als wäre ich ein Kannibale. Oder ein Vampir.

Als ich aufwachte, zeigte der Wecker fast halb acht. Ich stellte ihn aus, bevor er klingeln konnte, und ging ins Bad. Die Nachtwache war gerade damit fertig, Lucy zurechtzumachen, die benutzte Windel lag noch auf dem Boden. Ich trat sie zur Seite und ging in die Dusche. In der Küche nahm ich mir einen Joghurt und trank ein Glas Milch. Dann ging ich. Niemand rief hinter mir her.

In der ersten Stunde hatten wir Musik. Die Wände des Musikraums waren aus grauem Beton, die Gardinen ähnelten denen im Krankenhaus. Jemand hatte Plakate mit Popgruppen, die wohl vor zwanzig Jahren berühmt gewesen waren, an die Wand gehängt. Ich krümmte mich auf meinem Stuhl zusammen und achtete nicht besonders auf das Musikstück, das wir uns anhören sollten. Der Lehrer redete über irgendwas, auf das wir bei der Musik achten sollten. Es interessierte mich nicht.

Plötzlich war ich hellwach. Er spielte einen anderen Song. Den von Lucy. Jetzt passte ich auf.

»Worauf sollten wir achten?«, fragte ich flüsternd das Mädchen, das vor mir saß.

»Welche Instrumente spielen«, sagte sie.

Ich versuchte auf die Instrumente zu achten. Aber es war der Text, den ich hörte.

»Haben Sie den Text von dem Lied?«, fragte ich den Lehrer, als der Song zu Ende war.

Er gab mir das Booklet der CD. Ich könne den Text dort abschreiben, sagte er.

»Gefällt er dir?«

Ich nickte.

»Er erinnert mich an etwas.«

»Mich auch«, stimmte er mir zu. »An etwas mit einer Freundin vor langer Zeit.«

Einer der Jungen in der Klasse wandte sich mir zu.

»Hast du etwa Liebeskummer?«

Alle lachten.

»Kann schon sein«, antwortete ich.

Nach der Schule ging ich nach Hause und suchte mir etwas zu essen. Die Wohnung war leer. Bevor Lucy mit ihrer Schule fertig war, kam niemand. Sie wurde immer kurz vor vier nach Hause gebracht. Ich aß die Reste von dem Essen, das die Tante am Tag zuvor gekocht hatte. Dann holte ich mein Fahrrad und fuhr zum Krankenhaus.

Kurz vor der Einfahrt gibt es eine Fußgängerunterführung. Normalerweise fahre ich durch sie hindurch. Aber an dem Tag war nur wenig Verkehr. Ich hatte Schwung, von der Fahrt den Berg hinunter, und dachte, ich könnte auch einfach auf der Straße bleiben und den Kreisverkehr nehmen. Das war der kürzere Weg und ich musste nicht so viel bremsen. Ich schaute nach hinten, um zu kontrollieren, dass kein Auto hinter mir kam. Dann bog ich auf die richtige Spur ein.

Ich musste kurz bremsen, um nicht dem Auto reinzufahren, das von links kam. Dann trat ich auf dem Kreisverkehr in die Pedale. In dem Moment kam ein Lieferwagen von rechts. Der muss warten, dachte ich. Aber das interessierte den Fahrer des Lieferwagens offenbar nicht. Er sprach in sein Handy und fuhr ohne zu zögern auf den Kreis, ohne mich zu beachten. Ich musste auf das Gras in der Mitte ausweichen, um nicht überfahren zu werden.

»Idiot!«, rief ich und schlug gegen die Wagenseite. Aber ich traf nicht. »Verdammter Idiot!«

Die vier Autos, die nach dem Lieferwagen kamen, verstanden offenbar nicht, was ich da auf der Innenspur machte. Sie fuhren stur weiter. Endlich gab es eine Lücke vor dem nächsten Auto. Ich trat schnell an, um auf die Straße zum Krankenhaus zu kommen. Aber ich hatte die Geschwindigkeit des Wagens hinter mir wohl etwas falsch berechnet oder ich kam nicht schnell genug in Fahrt. Jedenfalls musste das Auto heftig bremsen, es hupte hinter mir. Ich stellte einen Fuß auf die Straße und starrte den Wagen an. Das war sie. Die Frau im roten Cabrio. Das Verdeck war heruntergelassen und ihre Haare flatterten im Wind.

»Äh, ich habe heute Nacht von Ihnen geträumt«, sagte ich und hörte selbst, wie dumm das klang. Deshalb fügte ich hinzu: »Sie sind gestorben. Bei einem Unfall.«

Die Frau starrte mich an, als wäre ich der größte Volltrottel auf der Welt. Und wahrscheinlich war ich das auch. Ich rettete mich auf die andere Straßenseite und fuhr weiter, ohne mich umzudrehen. Aber ich konnte ihre Augen noch eine ganze Weile in meinem Nacken spüren.

Mama war auf, als ich ins Krankenhaus kam. Ich traf sie, während sie langsam über den Flur ging. Sie stützte sich auf das Stativ, an dem die Flasche mit dem Tropf hing. Der Schlauch war an ihrem Arm befestigt.

»Musst du die Flasche noch lange haben?«, fragte ich.

»Ich hoffe nicht«, antwortete sie. »Aber solange ich noch nicht richtig essen kann, brauche ich sie. Um Nährstoffe zu kriegen.«

»Und wie machst du das, wenn du dich anziehen willst?«

»Dann wird der Schlauch einfach abgeklemmt.«

Wir gingen zusammen hinunter zur Rezeption. Mama wollte sich saure Drops kaufen.

»Mein Mund ist immer so trocken«, sagte sie.

Ich kaufte mir ein Eis. Wir gingen vor den Krankenhauseingang und setzten uns auf eine Bank. Eine Gruppe Raucher stand am Eingang zum Parkhaus. Es war nicht erlaubt, näher am Krankenhaus zu rauchen.

»Weißt du«, sagte Mama und schob ihre Mütze auf dem Kopf zurecht. »Heute Nachmittag kommt eine Frau, die mir helfen soll, eine Perücke auszusuchen. Es wird schön sein, wieder Haare zu haben.«

Ich schaute sie an.

»Aber … werden denn nicht … wachsen denn deine eigenen Haare nicht wieder? Wenn du fertig bist mit der Therapie?«

»Doch, bestimmt. Aber es kann eine Weile dauern, bis sie so weit gewachsen sind, dass ich mich wieder mit ihnen zeigen mag. Es ist eklig, sage ich dir, wenn ich merke, dass die Leute mich komisch angucken und genau sehen, dass ich krank bin. Dann fühle ich mich gleich doppelt so krank.«

»Was für Haare sind das denn? Wenn du eine Perücke kriegst, meine ich.«

»Die sollen meinen eigenen Haaren möglichst ähnlich sein. So, wie sie früher waren.«

»Du könntest ja lange Haare nehmen. Solche, die im Wind wehen.«

»Damit ich aussehe wie ein junges Mädchen? Ich glaube nicht, dass mir das gefallen würde.«

»Warum nicht?«

»Das ist irgendwie nicht mein Stil. Und ich glaube nicht, dass so etwas bei mir so elegant aussehen würde wie in den Shampooreklamen im Fernsehen. Künstliche Haare, die im Wind wehen, sind nicht so hübsch.«

Ich erzählte ihr, dass ich die Frau in dem roten Cabrio wiedergesehen hatte.

»Das ist ein Porsche«, sagte ich.

»Es hört sich so an, als könnte die gute Frau es sich leisten«, meinte Mama.

»Stell dir vor, wir hätten so ein rotes Cabrio. Wäre das nicht toll? Dann könnten deine langen Haare im Wind flattern, wenn wir fahren.«

Mama musste laut lachen. Fast so, wie sie früher gelacht hatte.

»Ja, das wäre was. Für uns müsste es wohl ein Ferrari sein, denke ich. Aber stell dir vor, wie dumm es wäre, wenn die Perücke mit dem langen Haar dann davonwehen würde.«

»Es wäre trotzdem lustig«, sagte ich.

»Weißt du«, sagte Mama, »als ich deinen Vater getroffen habe, da hatte er einen Citroën 2CV. Bei dem konnte man auch das Dach öffnen.«

»War das ein Cabrio?«

»Nein, ganz und gar nicht, das war eine richtige Klapperkiste. Und das Dach war nicht einmal dicht, es hat da ständig reingeregnet.«

»Hat er den Wagen immer noch?«

»Nein, sicher nicht. Das ist ja schon so lange her.«

Die Tante kam mit Lucy. Mama wollte sie in den Arm nehmen, aber Lucy verkroch sich so sehr in ihrem Rollstuhl, dass es unmöglich war.

»Sie kriegt immer Angst hier im Krankenhaus«, sagte Mama. »All die fremden Geräusche und Gerüche.«

»Wir bleiben auch nicht lange«, sagte die Tante.

Mama und Tante unterhielten sich eine Weile. Die Tante trank Kaffee. Ich holte ein paar Kuchenstücke vom Flur. Mama wollte nichts und Tante erklärte, sie hätte gerade erst gegessen. Also versuchte ich Lucy ein Stückchen zu geben, aber sie wollte nicht den Mund öffnen. Deshalb musste ich alle Stücke selbst essen. Es war kein besonders guter Kuchen.

»Zellgift«, erklärte Mama der Tante. Eine Krankenschwester hatte gerade den Tropf gewechselt, der bei Mama in den Arm führte. Jetzt war das kein Nährstoff, sondern Zellgift. »Ich muss noch zwei Tage damit weitermachen. Ich freue mich schon, wenn ich damit fertig bin.«

»Dann hoffen wir nur, dass es wirkt«, sagte die Tante. »Wir müssen einfach hoffen.«

»In zwei Wochen sind Sommerferien«, sagte ich. »Was machen wir dann?«

»Vielleicht kannst du ja mit dem Onkel in die Hütte fahren«, schlug die Tante vor.

»Schon, aber am liebsten möchte ich, dass wir alle etwas zusammen unternehmen. Die ganze Familie. Dass wir eine Reise machen.«

»Das wird wohl nicht gehen«, meinte sie.

»Ich weiß nicht, wie lange ich noch hierbleiben muss«, sagte Mama.

»Kommst du denn nicht nach Hause, wenn die Behandlung beendet ist?«

Mama schaute mich an.

»Auch wenn sie aufhören mit dem Zellgift, bin ich immer noch nicht wirklich gesund«, sagte sie. »Sie hören damit nur auf, weil ich nicht mehr davon vertrage. Bald wollen sie neue Proben machen. Dann werden wir sehen. Aber ich werde in den Wochen nach dieser Kur sicher müde und schlaff sein.«

Ich dachte an die Sommerferien. Sie zu überstehen war wohl das Schlimmste. Ich hatte keine Lust, mit meinem Onkel zur Hütte zu fahren. Das Einzige, was ihn interessierte, war angeln, er kam gar nicht auf die Idee, dass andere das nicht so spannend finden könnten. Dann konnte ich noch Fernsehen gucken. Bis jemand kam und meckerte, dass ich nicht den ganzen Tag Fernsehen gucken und lieber an die frische Luft gehen sollte. Zu Hause würde es noch unerträglicher werden. All die Leute, die kamen, um sich um Lucy zu kümmern. Und wenn sie selbst Urlaub machten, dann kam sicher eine Vertretung. So war es zu Ostern auch gewesen. Jeden Tag eine neue Vertretung. Ich musste zeigen, wo das Brotmesser und die Windeln lagen. Oje. Und mit meinen Freunden konnte ich mich auch nicht treffen, die waren sicher alle verreist. Und dann kamen all die Leute, die nett zu uns sein wollten. Alte Damen, die mich zum Essen einladen oder Sozialarbeiter, die lustige Sachen mit mir unternehmen und mich zu irgendeiner bescheuerten Veranstaltung mitschleppen wollten.

Ich ging auf den Flur, um Saft zu holen. Ein Mann saß vor dem Schwesternzimmer und las in einer Zeitschrift. Der Saftkrug war leer, deshalb ging ich hinunter zum Kiosk und kaufte stattdessen Limonade. Als ich wieder hochkam, war der Mann verschwunden. Ich nahm die Zeitschrift, die er liegen gelassen hatte. Vielleicht gab es etwas darin zu lesen.

Als ich mich wieder an Mamas Bett gesetzt hatte, fiel mein Blick auf den Artikel, den der Mann gelesen hatte. Es war ein ärztlicher Ratgeber. Jemand wollte wissen, ob an jedem Tag im Jahr gleich viele Menschen starben, worauf der Arzt antwortete, dass vor und während der Feiertage weniger sterben. Weihnachten oder Ostern. Sie warten bis danach, schrieb der Arzt.

Ich legte die Zeitschrift weg und dachte darüber nach. Das war ja fast das gleiche Thema, über das ich mit meinem Onkel gesprochen hatte. Leben zu wollen oder sich zu wünschen, zu sterben. Wenn man jeden Tag zu einem Feiertag machen könnte, dann würden die Leute gar nicht sterben wollen.

Ich ging hinaus auf den Balkon, um zu sehen, ob das rote Cabrio unten stand. Aber es war nicht da.

An diesem Abend setzte ich mich auf mein Bett, den Laptop auf dem Schoß. Paris. Ich wollte, dass Mama nach Paris fuhr, ich wollte, dass sie den Willen zum Leben hatte. Das war Mamas Traum. Das hatte sie selbst gesagt. Vielleicht träumte sie auch von anderen Dingen, das wusste ich nicht. Aber von diesem Traum wusste ich. Dem Traum von Paris. Wie in Lucy's Song.

Zuerst guckte ich mir einen Stadtplan von Paris an. Die Stadt ist riesig, es wimmelt dort nur so von großen Straßen. Es war sicher möglich, auf einer Autobahn quer durch die Stadt zu fahren, ohne zu merken, dass man in Paris war. Doch das galt nicht.

Wenn man in einem Cabrio fuhr, dann musste es durchs Zentrum gehen. Am besten über die Champs-Élysées, die große Hauptstraße.

Dann suchte ich nach Hotels in Paris. Es gab Tausende. Ich versuchte herauszufinden, was so etwas kostet, aber das war gar nicht so einfach. Die wollten wohl, dass man anruft oder ihnen eine E-Mail schickt, um den Preis zu erfahren. Anschließend suchte ich Flüge heraus. Auch das war nicht so einfach. Von wo sollten wir abfliegen? Und auf welchem Flugplatz landen? Es gab in Paris gleich mehrere Flugplätze.

Ich ging ins Wohnzimmer und fragte die Tante.

»Wenn du mit deinen Freundinnen in den Süden fährst, wie macht ihr das? Mit Flugticket, Hotel und so?«

»Willst du in den Süden?«, fragte der Onkel.

»Nein, ich wollte es nur mal wissen.«

»Wir buchen alles bei einer Reisegesellschaft«, sagte die Tante. »Das ist so praktisch. Die regeln alles mit Flug und Hotel. Und dann werden wir mit dem Bus abgeholt und wieder zum Flughafen gebracht.«

Sie nannte mir die Namen verschiedener Reisegesellschaften.

Das sah prima aus. Man konnte sich aussuchen, ob man eine ganze Woche verreisen oder nur von Donnerstag bis Sonntag wegbleiben wollte. Und dann konnte man entscheiden, in welchem Hotel man wohnen wollte, nach einer Liste, die sie da hatten. Einige waren richtige Luxushotels, während andere ziemlich langweilig aussahen. Ich versuchte herauszufinden, was das wohl kosten würde.

Zuerst dachte ich, nur Mama und ich sollten reisen. Aber sie würde sicher nicht ohne Lucy fahren wollen. Und wenn Lucy mitkam, dann musste auch die Tante dabei sein. Der Onkel wollte sicher nicht. Also waren wir vier Personen.

Ich schaute mir noch einmal die Hotels an. Nicht alle hatten einen Fahrstuhl, und bei einigen sah es so aus, als ob der Fahrstuhl nicht groß genug für einen Rollstuhl war. Da konnten wir nicht wohnen. Ich fand heraus, welches Symbol anzeigte, dass das Hotel auch für Gehbehinderte geeignet war. So eines suchte ich aus. Dann klickte ich auf einen Termin gleich nachdem die Schulferien angefangen hatten. Eine Reise von Donnerstag bis Sonntag.

Das machte fast sechstausend Kronen für jeden. Vierundzwanzigtausend zusammen. Dazu würden wir noch etwas extra brauchen. Fürs Essen und so. Und das Auto. Wir mussten ja ein Cabrio mieten. Das war sicher nicht billig. Ich schrieb mir den Betrag auf. Dreißigtausend Kronen. Viel Geld. Sehr viel Geld. Aber wenn das nötig war, damit Mama wieder ihren Lebenswillen fand, dann war es billig. Das Problem war nur, dass ich das Geld besorgen musste.

Auf meinem Konto waren nicht einmal tausend Kronen. Lucy hatte sicher viel Geld auf der Bank, aber darüber verfügten andere. Und die würden so einem Vorschlag nie zustimmen. Vielleicht gab es ja jemanden, der Geld für einen guten Zweck spendete? Das Rote Kreuz oder die Heilsarmee? Ich versuchte das herauszufinden, aber es gelang mir nicht.

Was machen Leute, wenn sie Geld brauchen? Nicht einfach nur so, sondern für einen guten Zweck? Der Spielmannszug und der Sportverein, die veranstalten Lotterien oder Flohmärkte. Vielleicht wäre das eine Lösung. Oder sollte ich mir einen Job bei den Nachbarn suchen? Vielleicht konnte ich so Geld verdienen. Fenster putzen oder streichen. Ich dachte darüber nach, kam aber zu dem Schluss, dass das viel zu lange dauern würde.

Da kam mir eine Idee. Die Zeitung! Es kommt immer mal wieder vor, dass die Zeitung über jemanden schreibt, der etwas für einen guten Zweck braucht. Vor ein paar Tagen stand etwas über eine Pfadfindergruppe drin, die einen Herd für ihre Hütte brauchte. Den haben sie dann von einem Laden bekommen, dessen Besitzer fand, dass es eine gute Sache sei, die Pfadfinder zu unterstützen. Und einmal haben sie Geld gesammelt, um ein Rettungsboot für die Küste zu kaufen. Die konnten doch bestimmt auch für Mama Geld sammeln!

Ich suchte die E-Mail-Adresse der Zeitung heraus und schrieb ihnen eine lange Mail. Zuerst erzählte ich von Mama und ihrer Krankheit. Dann erzählte ich von Lucy und mir selbst. »Mama träumt davon, noch einmal nach Paris zu kommen und in einem roten Cabrio durch die Stadt zu fahren. Das wird ihr den Lebensmut wiederbringen. Könnten Sie in Ihrer Zeitung zu einer Sammelaktion aufrufen, um das Geld für so eine Reise zusammenzubringen? Ich denke, wir brauchen 30 000 Kronen. Das mit dem Cabrio habe ich noch nicht recherchiert, aber ich denke, das wird reichen. Es wäre sehr nett, wenn Sie das machen könnten.«

Ich las das, was ich geschrieben hatte, mindestens zehnmal durch, bevor ich es abschickte.

Lucy stand im Flur, als ich aus meinem Zimmer kam. Sie kämpfte darum, vom Wohnzimmer in ihr Zimmer zu gehen. Die Tante war direkt hinter ihr, bereit, sofort zuzupacken, wenn sie fallen sollte.

»Was machst du eigentlich?«, fragte die Tante.

»Nichts Besonderes«, antwortete ich.

Lucy schaute mich an, als wollte sie sagen, dass es etwas ganz Besonderes war, was ich da machte. Ich fragte mich, ob sie Mama auch vermisste und ob sie sich auch wünschte, dass Mama wieder gesund wurde. Sie gab einen Ton von sich. Dann mühte sie sich weiter zu ihrem Zimmer.

Ich glaube, die nächsten Tage habe ich hundertmal nachgesehen, ob ich eine neue E-Mail bekommen hatte. Aber es tauchte keine Nachricht von der Zeitungsredaktion auf. Sobald ich zu Hause war, blätterte ich außerdem schnell die Zeitung durch in der Hoffnung, dass sie die Spendenaktion gestartet hatten, ohne mir Bescheid zu geben. Aber es stand nichts davon drin. Vielleicht war meine Nachricht gar nicht angekommen? Oder sie glaubten, das sei nur Quatsch.

Doch dann klingelte das Telefon. Tante ging ran und sagte mir, da sei ein Mann, der mit mir reden wolle.

»Hallo«, sagte ich.

Der Mann nannte seinen Namen und sagte, dass er bei der Zeitung arbeite. Dann fragte er mich, ob ich die Person sei, die die Mail geschickt hatte.

»Ja«, bestätigte ich.

»Wir haben hier in der Redaktion mehrere Tage darüber diskutiert«, sagte er dann. »Denn wir finden, das ist eine gute Idee von dir, und wir waren ganz gerührt, was du für deine Mutter tun willst. Wir finden das einfach toll.«

»Wirklich?«

»Ja. Wir hoffen auch, dass es deiner Mutter bald wieder besser gehen wird. Aber wie gesagt, wir haben viel darüber diskutiert, und sind dann zu dem Ergebnis gekommen, dass wir so einen Spendenaufruf nicht starten wollen. Nicht, weil wir glauben, es würde kein Geld hereinkommen, das ganz und gar nicht. Aber wir finden, das wäre irgendwie nicht richtig. Das ist schwer zu erklären. Woran wir dabei denken, das ist die Frage, wie so etwas von den Lesern aufgefasst wird. Denken die Leute einfach nur, dass das gut ist, oder denken sie, dass wir mithilfe von jemandem, der krank ist, versuchen, mehr Zeitungen zu verkaufen? Ich weiß nicht, ob du verstehst, was ich meine?«

»Nein«, sagte ich.

»Nein, das ist auch schwer zu verstehen. Aber unsere Entscheidung ist jedenfalls, dass wir das nicht machen können. Deshalb kann ich nur sagen, dass es mir leidtut, und ich wünsche euch trotzdem viel, viel Glück. Und hoffe, du schaffst es. Ja, dann auf Wiederhören!«

»Auf Wiederhören.«

Ich ging in mein Zimmer und legte mich aufs Bett. Was sollte ich jetzt tun? Selbst Geld sammeln? Wie sollte ich das schaffen? Vielleicht Plakate in den Geschäften aufhängen?

Mama sollte in einer Woche nach Hause kommen. Bis dahin musste ich eine Lösung gefunden haben.

Ein paar Tage später traf ich eine der Frauen, mit denen Mama zusammenarbeitet. Sie stand im Flur, als ich ins Krankenhaus kam.

»Ich habe sie gerade besucht«, sagte sie. »Sie fehlt uns bei der Arbeit.«

Wir unterhielten uns eine Weile. Ich erzählte ihr von meinem Plan. Dem Plan von Paris und von der Zeitung, die kein Geld sammeln wollte.

Sie überlegte kurz.

»Ich verstehe schon, warum sie Nein gesagt haben«, erklärte sie dann. »Aber vielleicht können andere helfen. Willst du nicht morgen zu mir in den Betrieb kommen? Am besten direkt vor der Mittagspause.«

Ich bekam schulfrei, ohne dass ich eine Entschuldigung zeigen musste. Ich sagte dem Lehrer einfach, dass ich etwas wegen Mama besprechen müsste.

»Schon in Ordnung«, sagte er.

Mamas Kollegin saß in ihrem Büro, als ich kam.

»Schön, dass du da bist«, sagte sie. »Komm mit mir in die Kantine. Was meinst du, könntest du den anderen erzählen, was du mir gestern gesagt hast?«

Ich nickte.

»Klar, das kann ich.«

Sie kaufte mir einen Bagel und ein Glas Saft. Wir setzten uns zu vier anderen Frauen. Die fragten mich aus, wie es mir und wie es Lucy ging. Über Mama wollten sie nichts wissen. Das hatten sie sicher schon erfahren. Nachdem ich den Bagel gegessen hatte, nickte die Frau, die mich mit hergenommen hatte, mir zu. Dann klopfte sie mit einer Gabel an ihr Glas und stand auf. Sie sagte nur, dass heute ein Gast hier sei, der etwas Wichtiges zu erzählen habe.

Ich stand auf und berichtete von der Parisreise. Davon, dass Mama dort gewesen war, als sie jung war. Und von Lucy's Song. Dem Cabrio. Dass ich mir wünschte, sie sollte das erleben. Als ich fertig war, klatschten alle.

Ich dachte, Mamas Kollegin würde den Leuten in der Kantine noch etwas sagen, nachdem ich mich wieder gesetzt hatte, aber das tat sie nicht. Sie strich mir nur über den Arm und sagte, das hätte ich prima gemacht.

Auf dem Heimweg überlegte ich, was sie wohl machen wollte. Vielleicht plante sie, im Betrieb Geld zu sammeln? Mit einer Spardose herumzugehen, in die die Leute das Geld stecken konnten? Ich hoffte, dass sie so etwas in der Richtung tun würde.

Kurz vor dem Essen klingelte das Telefon. Es war wieder Mamas Kollegin. Sie erzählte mir, dass sie in dem Betrieb eine Geldkasse hatten, eine Kasse, in die sie für die Weihnachtsfeier oder den Betriebsausflug im Sommer einzahlten. Der Betrieb bezahlte einen Teil und die, die dort arbeiteten, auch. Deshalb war ziemlich viel Geld in der Kasse. Und jetzt hatten sie beschlossen, dreißigtausend Kronen davon zu nehmen und sie mir zu geben. Damit ich die Parisreise für Mama organisieren konnte.

Nachdem ich den Hörer aufgelegt hatte, zitterten mir fast die Hände. Es sollte tatsächlich klappen, Mama würde ihre Reise bekommen.

Onkel und Tante saßen am Esstisch. Ich holte tief Luft und erzählte ihnen alles. Sowohl von der Zeitung als auch von meinem Besuch in Mamas Betrieb. Und von dem Geld.

»Meine Güte«, sagte die Tante.

»Na, das sind aber Neuigkeiten«, sagte der Onkel.

Dann schwiegen beide.

»Aber es ist trotzdem nicht sicher, dass es klappt«, wandte die Tante ein. »Deine Mutter ist immer noch sehr krank. Ich weiß nicht, wie schlau es wäre, ihr jetzt so viel zuzumuten.«

»Aber das ist doch, damit sie wieder gesund wird«, widersprach ich, »damit sie ihren Lebenswillen wiederfindet.«

»Ich weiß, ich weiß. Ich sage das nur, damit dir klar ist, dass es schwierig werden kann.«

»Wir müssen mit ihr drüber reden, wenn sie nach Hause kommt«, sagte der Onkel. »Trotz allem ist sie es schließlich, die entscheiden muss, was sie schafft und wozu sie Lust hat.«

»Natürlich hat sie Lust dazu«, beharrte ich. »Das hat sie ja gesagt. Dass sie fahren will.«

Onkel und Tante kamen mit, um Mama aus dem Krankenhaus abzuholen. Sie hatte ihre Sachen bereits in eine Tasche gepackt und saß auf dem Flur bereit, als wir kamen.

»Ich musste raus«, sagte sie, »eine andere Patientin brauchte mein Zimmer.«

Viele der Krankenschwestern kamen und umarmten sie, sagten Auf Wiedersehen und bis bald. Ich trug die Tasche ins Auto. Die Tante trug zwei Blumengestecke, der Onkel stützte Mama.

Wir setzten uns auf die Rückbank, Mama und ich. Sie schien fast ein wenig Angst zu haben. Als fände sie es unheimlich, aus dem Krankenhaus wegzugehen.

»Freust du dich, nach Hause zu kommen?«, fragte ich.

Sie lächelte.

»Natürlich.«

»Wir haben auch Kuchen gebacken.«

»Wie schön.«

Ich konnte sehen, dass einige Nachbarn aus dem Fenster guckten, als wir ankamen, aber keiner kam heraus, um Mama zu begrüßen. Sie wollten sicher nicht stören. Mama ging direkt ins Wohnzimmer, um sich hinzusetzen.

»Brauchst du etwas?«, fragte Tante.

Mama schüttelte den Kopf.

»Nein, alles in Ordnung. Ich muss mich nur ein bisschen ausruhen.«

Ich setzte mich neben sie.

»Ich habe eine Überraschung für dich«, sagte ich. »Wir fahren nach Paris.«

»Wirklich?«

»Ja, du und ich. Zusammen mit der Tante und mit Lucy. Wir werden in einem Hotel wohnen. Und dann sollst du in einem Cabrio durch die Stadt fahren.«

»In einem Cabrio?«

»Ja, wie wir besprochen haben. Wie du es dir gewünscht hast.«

Mama schaute mich an.

»Habe ich mir das gewünscht?«

»Wir haben doch im Krankenhaus darüber gesprochen. Über das mit dem Cabrio.«

Tante stand in der Türöffnung. Mama schaute zu ihr auf.

Die Tante nickte. »Das stimmt schon«, sagte sie. »Paris. Aber nur, wenn du genügend Kräfte dafür hast. Und Lust.«

»Paris«, sagte Mama. »Mit dem Cabrio durch Paris.«

»Genau wie in dem Lied«, sagte ich. »In Lucy's Song.«

Ich hörte, wie der Onkel das Lied in der Küche pfiff.

Da musste Mama lachen.

»Das hast du geplant? Dass ich das machen soll, wovon Lucy Jordan geträumt hat? Du bist ja verrückt.«

»Das finden wir auch«, nickte die Tante. »Total verrückt.«

Und dann lachten wir alle, alle drei. Der Onkel kam und schaute durch die Türöffnung der Tante über die Schulter.

»Na, hier ist es heute ja richtig fröhlich. Ist etwas passiert, das ich nicht mitgekriegt habe?«

»Ach, du weißt es doch sicher auch«, wehrte Mama ab.

Da musste auch der Onkel lachen.

»Ja, und ich freue mich schon, die Fotos von euch in Paris zu sehen. Vielleicht kommt ihr damit ja noch ins Fernsehen, was?«

Lucy kam nach Hause. Mama rief nach ihr, als sie auf dem Flur war. Sie ließ Töne vernehmen, frohe Töne. Dann kam sie ins Wohnzimmer gewankt, ließ sich auf den Boden fallen und kroch auf den Knien zu Mama. Sie legte ihren Kopf in Mamas Schoß. Wie sie es immer gern tat. Mama strich ihr übers Haar, das Gesicht, den Nacken. Lucy lachte, ließ ihr Glucksen hören und streckte die Hand zu Mamas Gesicht aus.

»Jetzt bin ich wirklich zu Hause«, sagte Mama. »Zu Hause bei meinem Mädchen. Jetzt ist Mama wieder da.«

Der Onkel hatte Kaffee gekocht. Die Tante kam mit dem Kuchen herein. Einem Apfelkuchen, den sie vormittags gebacken hatte. Ich holte eine Flasche Limonade aus dem Kühlschrank.

»Esst nicht so viel Kuchen«, sagte Tante. »Bald gibt es ja schon Mittagessen.«

»Aber zuerst Kuchen«, sagte ich. »Heute essen wir den Kuchen vor dem Essen.«

»Kuchen zum Feste, das ist das Allerbeste«, meinte Onkel.

Mama schaffte nur ein kleines Stückchen. Den Rest aß Lucy mit meiner Hilfe. Lucy isst gern Kuchen. Sie leckte sich die Lippen ab, sie wollte mehr.

»Nach dem Essen kriegst du mehr«, sagte Mama.

Lucy ließ Geräusche hören, die zeigten, dass sie enttäuscht war.

»Mein Leckermäulchen«, sagte Mama.

Nach dem Essen fuhren Onkel und Tante nach Hause. Etwas später sollte eine Krankenschwester für Mama kommen. Und jemand, der Lucy beim Ins-Bett-Gehen half, war für neun angekündigt.

»Brauchen wir denn eine Nachtwache?«, fragte ich Mama.

»Heute Nacht schon«, sagte sie. »Und vielleicht noch ein paar Nächte mehr. Ich weiß nicht, ob ich es schon schaffe, wenn Lucy nachts Hilfe braucht. Das müssen wir in ein paar Tagen sehen.«

»Ich kann doch helfen.«

»Ja, das weiß ich.«

Mama war müde. Sie saß auf dem Sofa und zog ihre Beine unter den Körper. Wir guckten Fernsehen. Es gab einen Wettbewerb, bei dem man für Sänger und Musiker abstimmen konnte.

»Für wen würdest du stimmen?«, fragte ich.

»Keine Ahnung, vielleicht für den mit der Geige. Oder die in dem gelben Kleid.«

»Und was kann man da gewinnen?«

»Geld«, erklärte Mama, »die können ein Stipendium für ihre Ausbildung gewinnen, damit sich ihr Traum, Musiker zu werden, erfüllen kann.«

»Glaubst du, die träumen alle davon?«

»Bestimmt, deshalb machen sie doch mit.«

»Was glaubst du, wann wir reisen können?«

»Vielleicht so in vier Wochen. Ich weiß es noch nicht.«

»Wir müssen ja vorher buchen.«

»Ich weiß.«

Ich erzählte ihr von dem Hotel, das ich im Internet herausgesucht hatte. Und von den Flügen.

»Am einfachsten bestellt man übers Internet«, sagte ich. »Aber da muss man ein Konto haben, um es zu bezahlen. Eine Visakarte oder so.«

»Du kannst doch den Onkel fragen, ob er dir dabei hilft. Schließlich arbeitet er in einer Bank, er weiß, wie das am besten geht.«

»Er hat das Geld auf ein eigenes Konto eingezahlt, auf ein Reisekonto.«

»Das war schlau«, sagte Mama.

Die Krankenschwester kam. Sie ging mit Mama ins Badezimmer. Mama brauchte Hilfe, um die Tüte auszuwechseln, die sie auf dem Rücken hatte. In der Tüte wurde alles gesammelt, was ins Klo sollte. Als sie damit fertig waren, kamen beide ins Wohnzimmer. Mama setzte sich.

Die Krankenschwester legte einige Papiere auf den Tisch. »Das sind Sachen, die morgen aus der Apotheke geholt werden müssen«, sagte sie. »Verbandszeug, Pflaster und Binden. Und ein paar Salben. Können Sie das regeln?«

»Meine Schwester kann das sicher für mich machen«, sagte Mama.

»Das kann ich auch«, sagte ich.

»Du brauchst die Sachen nur abzuholen«, erklärte die Krankenschwester. »Du brauchst nichts zu bezahlen. Das habe ich alles schon geregelt.«

Sie gab Mama Medikamente. Dann fragte sie, ob wir noch mehr Hilfe bräuchten. Nein, das brauchten wir nicht. Kurz bevor sie ging, kam die Frau, die Lucy bei der Abendtoilette helfen sollte. Die beiden kannten einander. Mama und ich, wir saßen im Wohnzimmer und hörten, wie die beiden sich auf unserem Flur unterhielten.

Während Mama einen langweiligen Film anguckte, saß ich mit dem Laptop auf dem Schoß bei ihr. Sie meinte, ich könnte gern ins Bett gehen, wenn ich wollte. Sie wollte noch warten, bis die Nachtwache kam.

Als ich am nächsten Morgen aufwachte, saß Mama in der Küche. Sie hatte den Tisch gedeckt und mir etwas zu essen hingestellt.

»Hast du gut geschlafen?«, fragte sie.

Ich nickte.

»Und du?«

Sie lächelte ein wenig.

»Auf jeden Fall habe ich zu Hause in meinem eigenen Bett geschlafen, das war herrlich.«

»Du«, überlegte ich, während wir aßen, »hast du von zu Hause geträumt, von all dem hier, als du im Krankenhaus warst?«

Sie überlegte.

»Ich kann mich nicht daran erinnern, was ich geträumt habe. Wahrscheinlich habe ich genauso viel geträumt wie alle anderen Menschen, aber ich kann mich hinterher fast nie an die Träume erinnern.«

»Glaubst du, dass Lucy auch träumt?«

»Aber bestimmt. Nur dass es unmöglich ist zu sagen, was sie träumt. Manchmal macht sie im Schlaf Geräusche, als ob sie wütend ist oder sich freut. Vielleicht träumt sie von Dingen, die sie erlebt hat.«

»Ich glaube, meistens träume ich von Dingen, die ich nicht erleben will.«

»So geht es sicher vielen. Sie träumen, dass sie ertrinken oder von einem Hochhaus hinunterfallen.«

»Ich träume von Unfällen und vom Krankenhaus«, sagte ich.

Mama sah mich wieder an.

»Das war für uns alle eine schwere Zeit«, sagte sie. »Und es kommt noch viel Schweres. Lass uns nur hoffen, dass wir bald schöne Träume haben werden.«

»Träume von Paris«, sagte ich.

»Von Paris«, stimmte Mama mir zu.

Unser Lehrer sagte, wir sollten einen Plan machen.

»Wenn man ein Experiment macht, dann ist es notwendig, vorher einen Plan zu machen«, sagte er. Wir hatten Computerlehre, und er wollte uns ein Programm zeigen, um Kästen und Linien zu zeichnen. »Dann wissen wir, was wir tun müssen und in welcher Reihenfolge alles ablaufen soll. Wenn etwas schiefgeht, dann können wir auf den Plan gucken, um herauszufinden, was wir vergessen oder falsch gemacht haben. Solche Pläne sind in vielerlei Hinsicht nützlich.«

»In welcher denn?«, fragte einer.

Der Lehrer dachte nach. »Wenn du zum Beispiel einen Ausflug machen willst. Dann stellst du einen Plan darüber auf, was du mitnehmen willst und woran du denken musst, und dann ist es viel einfacher, alles richtig zu machen und nichts zu vergessen.«

»Meine Mutter packt für mich die Sachen«, sagte einer.

»Ich mache keinen Ausflug in die Berge«, sagte ein anderer.

»Jetzt versucht mal, selbst einen Plan aufzustellen«, forderte der Lehrer uns auf.

Die meisten zeichneten ein paar viereckige Kästen, hatten dann keine Lust mehr und fingen stattdessen an zu chatten.

»Mir fällt nichts ein, wofür ich einen Plan machen könnte«, meldete sich ein Mädchen.

»Versuch es mit einer Mahlzeit«, schlug unser Lehrer vor. Er saß mit einigen Notizen da und sah nicht aus, als wollte er uns in dieser Stunde noch mehr beibringen.

Ich schrieb auch das Wort »MAHLZEIT« oben auf meinen Zettel. Dann zeichnete ich ein paar viereckige Kästen. In den ersten schrieb ich »hungrig« hinein. Dann schrieb ich »Essen« und zum Schluss »Mama«. Denn das war klar. Mama kochte das Essen. Anschließend versuchte ich es mit einem Plan für eine Reise. Ich fing an mit »Idee«, dann kamen Geld, Reisewünsche, Planung, Buchung. In das letzte Kästchen schrieb ich »Mama«.

Dann löschte ich den Plan und fing von vorn an.

»Kann man einen Plan für Glück machen?«, fragte jemand. Einige lachten.

Der Lehrer schaute auf.

»Glück? Ja, natürlich.«

Ich schrieb »GLÜCK« mit roten Buchstaben. Darunter zeichnete ich zehn Kästchen. In eines schrieb ich »im Lotto gewinnen«. In ein anderes »weltberühmt werden«. Ich versuchte eine Verbindung zwischen ihnen zu finden, doch das gelang mir nicht. Deshalb löschte ich den Text und fing noch einmal an. Womit Glück anfangen sollte, das wusste ich nicht. Aber irgendwo in dem Plan musste »Mama« stehen. Und ich wusste genau, was in dem letzten Kästchen stehen sollte: »gesund«.

In der großen Pause hockte ich mit einigen aus meiner Klasse zusammen. Sie fingen an, über die Ferien zu sprechen.

»Die ersten Wochen werden stinklangweilig«, erklärte einer, »da haben wir gar nichts vor. Und dann fahren wir zwei Wochen auf die Hütte, das wird noch langweiliger. Da haben wir nämlich nicht einmal Internet. Aber dann fahren wir nach Deutschland. Darauf freue ich mich schon.«

»Wir fahren zusammen mit meinen Großeltern in die Türkei«, sagte ein anderer. »Das wird bestimmt auch langweilig. Aber wahrscheinlich kann ich da viel baden, das ist klasse. Und dann fahre ich nach Dänemark zu einem Handballturnier. Das wird bestimmt toll, die ganze Mannschaft schläft in einem Raum. Und wir fahren mit einem eigenen Bus mit Video.«

»Und was machst du im Sommer?«, fragte mich einer.

»Wir, äh, wir fahren nach Paris«, sagte ich.

»Du mit deiner Mutter?«

Ich nickte.

»Ist sie denn nicht mehr krank?«

»Sie ist wieder zu Hause.«

»Was kann man denn in Paris machen?«

»Wir wollen uns ein Cabrio mieten«, sagte ich. »Einen Ferrari, glaube ich. Knallrot.«

»Geht das?«

»Wir haben uns letztes Jahr in Spanien ein Auto gemietet«, erklärte einer. »Ich habe Papa gesagt, er soll ein richtig Gutes mieten. Einen Jeep oder ein Cabriolet. Und könnt ihr euch denken, womit er angekommen ist? Mit dem kleinsten Renault der Welt. Der war scheißeng und verdammt heiß. Ich sollte mit meinen Geschwistern hinten sitzen, aber ich habe mich geweigert, weil das so eng war.«

»Alle Mietwagen sind so. Das sind nur alte Klapperkisten.«

»Aber nicht ein Ferrari«, sagte ich.

»Man kann keinen Ferrari mieten.«

»In Paris schon. Deshalb wollen wir auch hin. Wir haben das im Internet gefunden.«

»Wenn ich einen Ferrari fahren wollte, dann würde ich das nicht mit meiner Mutter machen.«

»Und wer soll den Wagen dann fahren? Du vielleicht?«

»Ich bin schon mal Auto gefahren.«

»Aber keinen Ferrari.«

»Das ist deine Mutter bestimmt auch nicht.«

»Ne, aber sie hat einen Führerschein.«

Als ich nach Hause kam, gab ich *Sportwagen mieten Paris* im Internet ein, fand aber nichts Brauchbares. Cabrios mieten konnte man nur in anderen Ländern, während die Autos, die in Paris angeboten wurden, ganz normale Autos waren. Keine Cabrios. Vielleicht war es besser, auf Englisch zu suchen? Oder auf Französisch? Ich versuchte es mit *sportscar paris*, kam aber nur auf die Seite einer Bar, die »Sportscar« hieß. Und was Sportwagen auf Französisch hieß, das wusste ich nicht.

Mama hatte mich gebeten, sie ins Krankenhaus zu begleiten. Sie wollte mit der Ärztin sprechen.

Zuerst saß ich draußen auf dem Flur, während Mama in einem Raum war und untersucht wurde. Eine Krankenschwester schob einen Teewagen mit vielen Untersuchungsgläsern aus dem Zimmer heraus. Gläser mit Blutproben.

»Sie ruht sich ein bisschen aus«, sagte sie. »Du kannst in zehn Minuten zu ihr.«

Ich ging zu Mama, als die Ärztin kam. Mama setzte sich in einen Lehnstuhl. Die Ärztin nahm auf einem Hocker direkt neben ihr Platz und blätterte in einigen Papieren.»Das sieht sehr gut aus«, sagte sie. »Geht es Ihnen inzwischen besser?«

Mama nickte.

»Ist es schön, die Mama wieder zu Hause zu haben?«, fragte die Ärztin mich. Ich konnte hören, dass sie nicht aus Norwegen stammte.

»Ja«, antwortete ich, »richtig schön.«

»Sie wollten mich noch etwas fragen?«, forderte die Ärztin Mama auf.

»Ja. Wir haben überlegt, ob wir jetzt im Sommer für ein paar Tage wegfahren. Ein Wochenende nach Paris. Denken Sie, das wäre möglich?«

Die Ärztin blätterte wieder in ihren Papieren.

»Nach Paris, wie spannend. Ja, von unserer Seite sehe ich da kein Problem. Wenn Sie selbst sich stark genug fühlen, dann wird es schon gut gehen. Auf jeden Fall machen Sie damit nichts falsch. Aber achten Sie darauf, dass Sie sich nicht überanstrengen. Wann wollen Sie reisen?«

Mama schaute mich an.

»In drei, vier Wochen«, sagte ich.

»Ich denke, das wird bestimmt klappen«, meinte die Ärztin. »Ich liebe Paris.«

Auf dem Rückweg vom Krankenhaus saßen wir beide auf den Rücksitzen in einem Taxi.

»Jetzt müssen wir anfangen zu planen«, sagte ich, »einen Flug bestellen, das Hotel und so.«

»Du bist so lieb zu mir«, sagte Mama, »aber du darfst nicht enttäuscht sein, wenn es vielleicht trotzdem nicht klappt. Es kann mir ziemlich plötzlich wieder schlechter gehen.«

»Ich würde mal tippen, dass es dir jetzt erst mal nicht schlechter gehen wird, wenn du dich auf die Reise freuen kannst.«

Mama musste lächeln, sie sagte aber nichts. Ich konnte sehen, dass uns der Fahrer im Rückspiegel beobachtete.

»Hier ist es«, sagte ich, als er vor unserem Haus anhielt.

Mama wollte ein wenig schlafen. Sie meinte, sie könnte die Krankenpflege anrufen, damit jemand käme, um uns etwas zu essen zu kochen. Ich erklärte, ich könnte doch kochen.

»Prima«, sagte Mama.

»Worauf hast du denn Lust?«

»Auf Suppe.«

»Tomatensuppe?«

»Ja. Oder Blumenkohl.«

»Dann gibt es Tomatensuppe«, sagte ich.

Als Lucy nach Hause kam, lag Mama in ihrem Zimmer und schlief. Lucy wurde ins Wohnzimmer gebracht.

»Soll ich hierbleiben, bis deine Mutter aufwacht?«, fragte die Betreuerin. »Das ist kein Problem.«

»Nein, das ist nicht nötig. Mama wird bald aufwachen. Ich passe schon auf.«

»Um sechs Uhr kommt die Frau vom Nachtdienst.«

»Gut.«

Mama aß nur ein paar Löffel von der Suppe, die ich gekocht hatte.

»Leckere Suppe«, sagte sie.

»Die ist aus der Tüte.«

»Das weiß ich. Aber sie ist trotzdem lecker.«

»Ich habe Sahne reingetan. Genau wie du immer.«

»Das war schlau.«

Onkel und Tante schauten kurz vor acht bei uns rein. Ich holte meinen Laptop. Onkel meinte, am besten sollte ich mit den Flugtickets anfangen.

»Hotels gibt es immer«, sagte er.

Onkel, Tante und ich setzten uns vor den Laptop. Mama lag auf dem Sofa und schaute uns zu.

»Da sind freie Plätze«, sagte die Tante. »Wollen wir die nehmen? Das ist an einem Donnerstag. Dann fliegen wir am Sonntag wieder zurück.«

»Das hört sich gut an«, meinte Mama.

Die Tante gab alle Angaben an, die notwendig waren. Namen, Geburtstage und dass Lucy einen Rollstuhl brauchte.

»Gib mir mal deine Kreditkarte«, sagte sie zum Onkel.

»So«, sagte er, »jetzt habt ihr gebucht.«

Ich schaute meine E-Mails an. Die Bestätigung für den Flug war bereits gekommen.

»Das war ja einfach«, sagte Mama.

»Ich habe einen Tipp für ein Hotel gekriegt.« Der Onkel zog einen Zettel heraus. »Einer von meiner Arbeit hat da gewohnt. Er sagt, das war in Ordnung. Und dass sie einen großen Fahrstuhl haben.«

Wir fanden die Homepage des Hotels. Man musste eine Mail hinschicken, um Zimmer zu reservieren. Tante schrieb sie auf Englisch. An welchem Termin wir kommen wollten und wie viele Zimmer wir brauchten.

»Zwei Zimmer«, sagte die Tante. »Einer muss bei Lucy schlafen.«

Eine halbe Stunde später bekamen wir die Antwort. Wir konnten zwei Zimmer haben, aber sie brauchten die Nummer der Kreditkarte. Der Onkel schickte seine Kreditkartennummer hin.

»So«, sagte die Tante, »dann ist alles klar. Jetzt müssen wir nur noch drei Wochen warten. Ich freue mich schon.«

»Das könnt ihr auch«, sagte der Onkel. »Ich werde nie nach Paris kommen.«

»Du kannst doch mitkommen«, schlug ich vor.

»Ich? Nie im Leben. Ich will nicht.«

Wir lachten ihn aus.

»Stell dir vor«, erzählte Mama Lucy. »Wir wollen nach Paris.«

Lucy streckte sich zum Onkel und ließ ihre Freudenlaute vernehmen.

»Passt nur auf, Lucy findet da noch einen Franzosen«, sagte Onkel. »Einen richtigen *Monsieur*. Das wäre doch was!«

Wir mussten wieder lachen.

Ich druckte Bilder vom Hotel aus, in dem wir wohnen sollten. Es lag in einer schmalen Gasse nicht weit vom Zentrum von Paris entfernt. Wenn man in so einer Stadt von einem Zentrum reden kann.

Dann kam der letzte Schultag vor den Ferien. Wir hatten uns alle in der Turnhalle versammelt. Der Schulleiter hielt eine Rede für die Abschlussklassen. Anschließend sagte er noch ein paar Worte zu uns, die wir auch im nächsten Schuljahr weitermachen würden. Etwas darüber, im Lauf der Ferien Kraft zu sammeln und mit frischem Mut und neuen Ideen wieder in die Schule zu kommen. Zwei aus meiner Klasse kamen auf die Bühne und sangen einen Beyonce-Song zur Musik, die von einer CD abgespielt wurde. Das war gar nicht schlecht. Und dann hatten die Ferien begonnen.

Wir waren abends zu einem Fest eingeladen, eine aus meiner Klasse hatte Mitte Juli Geburtstag. Da dann aber niemand zu einer Feier kommen würde, verlegte sie das Fest immer auf den letzten Schultag. Ihr Garten ist riesig, und wenn schönes Wetter ist, sind wir immer draußen. Als wir klein waren, ging die Feier von vier bis sechs. Jetzt waren wir groß und sollten von sieben bis elf dort sein.

Ihr Vater stand an der Pforte, als ich kam, er zeigte mir den Weg um das Haus herum, obwohl ich doch schon oft hier gewesen war. Das Geburtstagskind selbst stand bei den Gästen, sie hatte ein weißes Sommerkleid an und trug rosa Schuhe. Ihre Mutter war damit beschäftigt, das Büffet aufzubauen. Ihre kleinen Brüder standen im Weg und quengelten, dass sie Limonade und Kuchen haben wollten.

»Herzlichen Glückwunsch«, sagte ich und gab ihr einen Umschlag mit Geld.

»Danke. Ich dachte, du kommst gar nicht. Wolltest du nicht nach Frankreich?«

»Doch, aber erst in zwei Wochen«, erklärte ich.

Fast die ganze Klasse war da. Die meisten hatten sich hübsch gemacht. Eines der Mädchen hatte sogar Blumen für die Mutter dabei. Ich wette, das waren ihre Eltern, die sie dazu gezwungen hatten.

Die Mutter meinte, wir sollten uns einfach von dem Kuchen nehmen, aber bald gebe es gegrillte Würstchen, da war es vielleicht nicht dumm, ein wenig Platz zu lassen. Doch niemand kümmerte sich darum, alle verdrückten jede Menge Kuchen.

Der kleinste der Brüder, er war erst sieben, schaffte es, einen Grill umzukippen. Sein Vater musste mit dem Gartenschlauch die Glut auf dem Rasen löschen. Der kleine Bruder fand das witzig, obwohl er ausgeschimpft wurde. Er lief über das nasse Gras, rutschte aus und hatte auf seinem weißen Hemd schwarze und grüne Streifen.

»Eins ist wohl jedes Jahr gleich«, seufzte die Mutter. »Kinder, die nicht auf ihren Füßen stehen bleiben können.«

Wir grillten Würstchen, tranken Limonade und aßen Eis. Die Mutter fragte mich, wie es bei uns zu Hause lief, und ich antwortete, dass es gut lief, dass meine Mutter aus dem Krankenhaus entlassen worden sei. Dann fragte sie mich, ob wir in den Ferien etwas vorhätten, und ich erzählte ihr, dass wir nach Paris fliegen wollten.

»Ist sie schon wieder so gesund?« Sie hörte sich fast etwas enttäuscht an.

»Ja, sie hat ganz viel Mut und Zuversicht«, sagte ich.

Einer der Jungs aus der Klasse fragte mich nach dem Ferrari.

»Bist du dir sicher, dass es ein Ferrari ist, den ihr mieten wollt?«

Ich nickte.

»Ich habe im Internet nachgeguckt. Die einzigen Ferraris, die man in Frankreich mieten kann, sind sauteuer. Und dann muss man vorher einen Kurs machen, bevor man die fahren darf. So einen Kurs auf einer Rennbahn. Auf der Chatseite haben irgendwelche Norweger angefragt, die sich in den Ferien in Frankreich einen Ferrari mieten wollten. Ich kann dir die Seite raussuchen, wenn du willst.«

»Nein danke«, sagte ich, »das ist nicht nötig.«

»Dann wollt ihr doch kein Auto mieten?«

»Doch, natürlich. Mein Onkel, der kennt da jemanden. Einen von seiner Arbeit, der wieder einen kennt, der das für uns regeln wird.«

»Mein Papa hatte auch mal ein Cabrio«, erklärte das Geburtstagskind.

Sie rief ihrem Vater zu. »Stimmt doch, du hattest doch mal ein Cabrio?«, fragte sie und erzählte von dem Ferrari, den wir mieten wollten.

»Wow«, sagte er, »na, das ist ja ein starkes Stück. Weißt du, was für ein Ferrari das ist?«

»Nein«, sagte ich, »nur, dass er rot ist. Und ein Cabriolet.«

»Erzähl mal von deinem Cabrio«, sagte sie.

Er lachte kurz auf.

»Na, der war nicht so exklusiv. Das war ein englischer Wagen, ein Triumph von 1973. Den hatte ich während meines Studiums.

Die meiste Zeit habe ich damit verbracht, daran herumzuschrauben. Aber das hat Spaß gemacht. Wir haben uns auch getroffen und so habe ich andere kennengelernt, die auch so ein Auto hatten.

»Warum haben Sie ihn verkauft?«, fragte ich.

»So ein Auto hat nur Platz für zwei Personen. Mit Kindern und Hund bringt das nichts. Deshalb haben wir ihn verkauft und stattdessen einen Kombi gekauft. Das wird spannend, von eurer Ferrari-Fahrt zu hören.«

»Du musst Fotos machen«, sagte das Geburtstagskind.

»Viele Fotos«, stimmte ein anderer zu.

In der Nacht blieb ich noch lange wach, mit dem Laptop auf dem Schoß. Dass es so schwierig sein sollte, ein Cabrio zu finden. Jetzt hatte ich das Geld besorgt, wir hatten Flugtickets gekauft und Hotelzimmer reserviert. Alles, damit Mamas Traum in Erfüllung gehen konnte. Für ihren Lebenswillen. Und dann war es unmöglich, einen Wagen zu finden, den man für ein paar Tage mieten konnte. Oder auch nur für ein paar Stunden.

Mir fiel die Mail ein, die ich an die Lokalzeitung geschickt hatte, in der ich gefragt hatte, ob sie nicht Geld sammeln könnten. Vielleicht sollte ich eine E-Mail an eine Zeitung in Paris schicken und fragen, ob die uns nicht ein Auto besorgen konnten. Ich versuchte Zeitungen in Paris im Internet zu finden, aber die einzige, die ich fand, war eine der größten Zeitungen der Welt. Die würde ja wohl kaum über Mama und ihre Krankheit schreiben wollen.

Ich fand eine Adresse, wo Cabrios verkauft wurden. Es gibt viele verschiedene Marken. Von den meisten hatte ich noch nie etwas gehört. Pagani, zum Beispiel, oder Noble. Von anderen hatte ich schon mal gehört und ein paar hatte ich auch schon gesehen. Aber allen war gemeinsam, dass sie unglaublich teuer waren. Und deshalb war es wohl auch schweineteuer, sie zu mieten.

Ich dachte wieder an Lucy Jordan aus dem Lied. Sie hatte es nie geschafft, in einem Cabrio durch Paris zu fahren. Da wurde es mir klar: Nicht Paris war das Problem, sondern das Cabrio. Nach Paris konnte man immer irgendwie kommen, das Auto, das war das Schwierige. Ich hatte schon viel in Gang gesetzt. Zuerst hatte ich die Leute an Mamas Arbeitsplatz dazu gebracht, das Geld für die Reise zu geben, dann hatte ich Mama und die Tante überredet, zu fahren. Und dann hatte ich es allen, die ich kannte, erzählt. Ohne sicher zu sein, dass das letzte, entscheidende Detail klappen würde. Das würde nie funktionieren.

In der Nacht träumte ich wieder von Paris. Dass wir alle vier dort waren. Wir hatten ein winziges Hotelzimmer und guckten aus dem Fenster, draußen regnete es. Mama lag auf dem Bett und war krank, die Tante weinte, und Lucy hatte Angst. Draußen fuhren die ganze Zeit Autos vorbei, sie waren alle grau und laut. Mama wollte etwas zu trinken haben, und ich musste hinaus in den Regen, um einen Laden zu suchen. Als ich den endlich gefunden hatte, war mein Geld weg, jemand hatte es gestohlen. Ich lief durch nasse Straßen, fand aber nicht zum Hotel zurück. Dann wachte ich auf.

Als ich aufstand, war die Krankenschwester bei Mama drinnen. Ich ging in die Küche und suchte mir etwas zu essen. Dann setzte ich mich ins Wohnzimmer und schaltete den Fernseher ein. Mama rief mich, ich sollte in ihr Zimmer kommen. Sie sagte, dass sie wieder ein bisschen krank geworden sei und für ein paar Tage zurück ins Krankenhaus müsse. Meine Tante werde gleich kommen.

Die Krankenschwester hatte einen Krankenwagen gerufen, der Mama holen sollte. Er hielt bald vor dem Hauseingang und die beiden Sanitäter kamen mit einer Art Stuhl herein. Meine Mutter wollte selbst hinuntergehen, *so* krank war sie nun auch nicht, wie sie sagte. Ich ging mit ihr. Ein paar Leute waren auf der anderen Straßenseite stehen geblieben, um zu sehen, was da los war. Sie waren sicher enttäuscht, dass es sich nur um den Transport von jemandem handelte, der auch selbst gehen konnte. Onkel und Tante kamen, kurz bevor der Krankenwagen mit Mama losfuhr. Die Tante sagte, wir würden in ein paar Stunden ins Krankenhaus kommen. Mama winkte uns zu. Die Tante sprach kurz mit der Krankenschwester, bevor wir in unsere Wohnung hinaufgingen. Hinterher erzählte sie, dass Mama etwas Blut erbrochen hatte. Deshalb wollten sie sie wieder im Krankenhaus haben.

Der Onkel setzte Kaffee auf, während die Tante einige Leute anrief, um ihnen mitzuteilen, dass Mama wieder im Krankenhaus war. Ich ging hinaus in die Küche und erzählte dem Onkel von dem Problem mit dem Cabrio.

»Vielleicht geht es ja auch mit einem Motorrad?«, fragte er. »Dass sie hinten auf einer großen Harley-Davidson sitzt? Oder was ist mit einem schnellen Wagen mit offenem Verdeck? Dann weht auch reichlich Wind durch die Haare.«

Ich schüttelte den Kopf.

»Nein, das muss ein richtiges Cabrio sein, so wie in Mamas Traum. Ein offener, roter Wagen.«

»Verstehe«, nickte der Onkel und goss den Kaffee in die Thermoskanne. »Das wird sich sicher regeln lassen. Für brave Kinder findet sich immer ein Weg.«

Die Tante sagte, sie habe es so organisiert, dass Lucy ein paar Nächte in einer betreuten Wohnung schlafen würde. Und ich sollte zu Tante und Onkel kommen.

»Das ist sicher nur für ein paar Tage, dann kommt deine Mama wieder aus dem Krankenhaus«, sagte sie.

»Sicher«, stimmte ich zu.

Wir fuhren zum Krankenhaus. Ich saß vorn im Wagen, die Tante hatte sich nach hinten gesetzt. Als wir einparken wollten, sah ich das rote Cabrio vor dem Krankenhaus stehen.

»Das könnten wir gut gebrauchen«, sagte ich zum Onkel.

»Wenn du den Besitzer findest und ihm den Schlüssel klauen kannst, dann bin ich bereit, mit dem Wagen abzuhauen«, erwiderte er.

»Ihr Quatschköpfe«, bemerkte die Tante vom Rücksitz.

Mama war auf der gleichen Station wie beim letzten Mal, aber nicht im gleichen Zimmer. Die Schwestern grüßten uns, als wir hereinkamen.

»Ich glaube, sie wartet schon auf euch«, sagte eine Krankenschwester und zeigte auf eine Zimmertür.

Als wir hereinkamen, saß Mama auf einem Stuhl und las in einer Zeitschrift.

»Oje, was mach ich nur für Umstände«, sagte sie. »Dabei war alles in Ordnung, nur ein bisschen Blut. Aber sicherheitshalber soll ich ein paar Tage hierbleiben.«

Mama und die Tante unterhielten sich leise miteinander. Der Onkel und ich gingen auf den Flur um zu sehen, ob es dort Kuchen gab. Den gab es. Dort traf ich auch die Ärztin, die gesagt hatte, dass wir nach Paris fahren könnten.

»Freust du dich auf die Reise?«, fragte sie.

»Wahnsinnig!«

An dem Abend war ich bei Onkel und Tante zu Hause. Wir aßen Pizza und guckten uns einen Film im Fernsehen an. Dann legte der Onkel ein Video ein, das er aus alten Filmaufnahmen hatte machen lassen. Darauf war er als junger Mann zu sehen, zusammen mit der Tante, und es gab Aufnahmen von ihren Kindern. Meinen Cousins und Cousinen.

»So alte Familienaufnahmen sind doch immer wieder schön anzusehen«, sagte er.

»Aber sie erinnern daran, wie schnell die Zeit vergeht«, meinte Tante.

»Wir haben viele Videofilme zu Hause«, sagte ich. »Mama hat viel gefilmt. Schulaufführungen und Fußballspiele. Und alle Ferienreisen, die wir gemacht haben.«

»Bewahre die Aufnahmen gut auf«, sagte der Onkel.

»Ich werde ganz viel filmen, wenn wir nach Paris kommen. Die Autofahrt natürlich. Und ich werde viele Fotos machen.«

»Du«, setzte der Onkel an. »Da ist eine Sache, die ich mir überlegt habe, was deine Autofahrt betrifft.«

»Nicht meine, das ist Mamas Traum.«

»Ja, sicher. Aber hast du auch daran gedacht, dass sie wohl nicht selbst wird fahren können? Und solche Autos haben nur Platz für zwei. Du brauchst ein Auto mit einem Chauffeur.«

Ich dachte nach.

»Dann kann ich nicht mitfahren«, sagte ich.

»Genau, das geht nicht. Wäre es nicht besser, einen normalen Wagen zu nehmen, in dem ihr alle mitfahren könnt?«

»Nein.«

»Nein? Okay.«

»Vielleicht können wir mit einem Taxi hinterherfahren? Oder einfach nur dastehen und zugucken? Winken?«

»Ja, das geht bestimmt.«

Am folgenden Tag kam ein Mann, der mit mir reden wollte. Ich wusste nicht, woher er wissen konnte, dass ich bei Onkel und Tante war, aber wahrscheinlich hatte die Tante mit ihm telefoniert. Er kam von einem Amt, sagte er. Irgendetwas mit Familien und so.

»Ich wohne hier nicht«, sagte ich, »ich bin nur zu Besuch. Bei meinem Onkel und meiner Tante.«

Der Mann nickte lange. Ich fragte mich, ob er überhaupt noch etwas sagen würde.

»Viele haben Probleme, wenn sie in einer Situation wie du sind«, brachte er endlich heraus.

»Wirklich?«

»Viele finden es gut, mit jemandem reden zu können.«

»Finden sie das?«

»Viele in deinem Alter finden Gesprächsgruppen gut.«

»Was ist das?«

»Das sind Gruppen, in denen Jugendliche zusammenkommen und über ihre Situation reden.«

»Was für eine Situation?«

»Ihre Lebenssituation.«

»Das hört sich blöd an.«

Er nickte wieder lange.

»Hast du schon überlegt, was du im Herbst machen willst? Mit der Schule zum Beispiel.«

»Ich habe gedacht, dass ich weiter in meine Klasse gehe«, sagte ich.

»In deine Klasse, ja. Genau. Ja.«

Wieder schwieg er eine ganze Weile.

»Deine Mutter«, sagte er, »sie ist jetzt im Krankenhaus.«

»Sie kommt bald wieder nach Hause, sie hat nur ein bisschen Blut erbrochen. In ein paar Tagen ist sie wieder zu Hause. Wir wollen bald in Urlaub fahren.«

Er nickte.

»Urlaub, ja. Ja, ich habe davon gehört. Du und deine Mutter, nicht wahr? Und Linda?«

»Lucy.«

»Ja. Lucy. Ihr wollt weit weg.«

»Meine Tante kommt auch mit.«

»Deine Tante, ja. Ja. Sie kommt auch mit, ja. Denkst du viel daran?«

»An meine Tante oder an die Reise?«

»Äh, ja?«

»Natürlich denke ich an die Reise. Wir wollen nach Paris. Mamas Traum ist es, mit einem Cabrio durch die Stadt zu fahren. So wie in dem Song. Lucy's Song.«

»Lucy, ja. Deine Mutter im Cabrio. Hast du schon mal daran gedacht, dass es eventuell nicht klappen könnte? Dass deine Mutter zu krank sein kann? Dass sie es vielleicht nicht schafft?«

»Die Ärztin hat gesagt, es geht. Und Mama hat Lust. Das wird ihr neuen Lebensmut geben. Sie kriegt dadurch neue Kraft.«

»Ja, ja«, sagte der Mann, »Kraft, ja.«

»Wir haben alles geregelt«, sagte ich. »Flug und Hotel. Es fehlt nur noch das Auto.«

»Gefällt es dir hier? Bei deinem Onkel und deiner Tante?«

»Ja.«

»Könntest du dir vorstellen, hier für längere Zeit zu wohnen? Von hier ist der Weg zur Schule nicht weit.«

»Das ist er von zu Hause auch nicht.«

»Ja, das wird wohl stimmen. Ja, sicher. Ein kurzer Weg.«

Er gab mir eine Broschüre über eine Gruppe für Jugendliche. Auf der Titelseite war ein Foto von Leuten in meinem Alter, die auf Angeltour waren. Genau so, wie es Onkel immer erzählte. Auf Angeltour gehen. Warum glauben so viele, dass Jugendliche in meinem Alter immer nur ans Angeln denken? Ich esse ja nicht einmal gerne Fisch.

»Du kannst dir die Broschüre mal angucken und mir dann Bescheid sagen«, schlug der Mann vor.

»Okay. Und wieso Bescheid sagen?«

»Na, ob du mitmachen willst.«

»Bei einer Angeltour?«

»Bei unserer Gesprächsgruppe. Bei der für Jugendliche.«

»Ich mag keine Gespräche«, erklärte ich. »Aber Lucy wäre bestimmt gern dabei.«

»Aber sie kann doch gar nicht sprechen.«

»Nein.«

Als Mama wieder nach Hause kam, erzählte sie, dass sie vielleicht eines der Medikamente nicht vertragen hatte. Und dass sie sich deshalb erbrochen hatte.

»Nimmst du die Medikamente nicht mehr?«

»Doch, das muss ich.«

Onkel und Tante wollten, dass ich noch ein paar Tage bei ihnen wohnte, aber das lehnte ich ab. Wenn Mama zu Hause war, dann wollte ich auch dort sein.

»Hast du schon überlegt, was du für die Reise einpacken willst?«, fragte ich sie.

Sie lächelte mich an.

»Wir haben sicher schönes Wetter«, meinte sie. »Und bestimmt wird es ziemlich heiß. Ich werde Sommerkleidung einpacken.«

Ich holte für sie einen Karton vom Dachboden. Kleider, die sie im Herbst weggepackt hatte. Jetzt hatten wir Ende Juni, und sie hatte sie immer noch nicht wieder hervorgeholt.

»Die beiden Blusen nehme ich mit«, sagte sie. »Und den Rock. Ich brauche wohl nicht so viel Kleidung, wir sind ja nur ein paar Tage weg.«

»Und wer packt für Lucy?«

»Vielleicht könntest du das tun?«

Ich ging in Lucys Zimmer und suchte Kleidung für sie heraus, die ich in eine Tüte packte. Dann ging ich zu mir und guckte nach, was ich hatte. Das meiste war schmutzig. Ich suchte die Kleidung heraus, die ich mitnehmen wollte und machte mich auf in den Waschkeller.

»Kannst du eine Hose von mir mitwaschen?«, rief Mama.

An diesem Abend bestellten wir uns etwas beim Thailänder. Mama konnte nicht viel essen, es war etwas zu scharf für ihren Magen. Ich holte zwei Joghurts für sie. Einen schaffte sie. Den anderen aß ich.

Am Tag vor unserer Abreise fragte ich den Onkel, ob er jemanden gefunden hatte, der in Paris Cabrios vermietete. Das hatte er nicht, aber er würde weiter die Leute fragen, die schon mal dort gewesen waren, versicherte er mir. Und Leute, die sich mit Cabrios auskannten.

»Es ist wahrscheinlich leichter, etwas zu finden, wenn ihr erst mal dort seid«, fügte er hinzu.

»Wahrscheinlich.«

Die Krankenschwester kam mit einer Schachtel Tabletten, die Mama mitnehmen sollte. Sie lagen schon sortiert für jeden Tag in einem eigenen Fach. Morgen, Mittag und Abend. Während sie mit Mama sprach, machte sie die Tür zum Wohnzimmer zu. Ich saß so lange in der Küche.

Die Tante brachte einen roten Koffer, den wir ausleihen konnten. Zuerst legte ich die Tüte mit Lucys Kleidern hinein, dann meine eigenen Sachen. Es war immer noch reichlich Platz für das, was Mama mitnehmen wollte. Zuerst wollte ich auch Zahnbürsten und so einpacken, aber dann fiel mir ein, dass wir die ja noch am Abend und am nächsten Morgen bräuchten. Der Onkel war auch mitgekommen, er gab mir hundert Euro als Taschengeld für die Reise. Und ein Heft, das ich im Flugzeug lesen konnte. Er lobte mich, wie mutig ich doch sei, dass ich all das in die Wege geleitet hatte.

In dieser Nacht schlief ich nicht besonders gut. Ich glaube, Mama auch nicht. Ich konnte hören, wie sie mehrere Male mit der Nachtwache sprach. Als der Wecker klingelte, war ich schon wach.

Mama war unter der Dusche. Die Nachtwache zog Lucy an. Die machte viele Geräusche, sie begriff wohl, dass etwas Besonderes passieren sollte. Ihre Töne waren mal Freudentöne, mal Angsttöne. Aber meistens waren sie fröhlich. Als Mama zu ihr hineinging, waren nur noch Freudentöne zu hören. Und Lachen.

Wir wollten mit einem Taxi zum Flugplatz fahren. Mama hatte es am Tag zuvor schon bestellt. Es musste groß sein, wir brauchten Platz für vier Personen und Lucys Rollstuhl. Auf dem Weg holten wir die Tante ab. Sie hatte sich für die Reise eine neue Jacke gekauft.

»Wenn man nach Paris kommt, muss man sich ein bisschen hübsch machen«, sagte sie.

»Hast du deinen Pass dabei?«, fragte ich.

»Der liegt schon seit einer Woche in meiner Tasche.«

Sie klopfte auf die Tasche.

Auf dem Flughafen bekam Lucy Angst. Vor allem bei der Sicherheitskontrolle. Mama und Tante versuchten sie zu beruhigen. Trotzdem machte sie so laute Geräusche, dass die Leute guckten. Die Sicherheitskontrolleure fragten, ob sie ohne Rollstuhl durch die Schranke gehen könnte. Aber das verneinte Mama. Deshalb mussten sie den Stuhl untersuchen, während Lucy darin saß. Die Tante fragte, ob sie Lucy wirklich so quälen mussten. Doch darauf bekam sie keine Antwort.

Wir setzten uns in ein Café. Die Tante wollte einen Kaffee trinken, sie war zu Hause vor der Abreise zu nervös gewesen, um dort einen zu trinken, wie sie erzählte. Ich nahm eine Limonade. Mama sagte, ich solle vorsichtig sein und nicht so viel vor dem Flug trinken, weil es oft schwierig war, im Flugzeug aufs Klo zu gehen. Ich beruhigte sie, das würde schon klappen. Dann guckte ich mir die Geschäfte an. In einem Laden für elektronische Geräte suchte ich nach einem Computerspiel, das ich mir wünschte, aber sie hatten nur die alten Versionen. Noch älter als die, die ich schon hatte.

Tante kaufte sich in einem zollfreien Laden Zigaretten. Mama und ich saßen uns am Tisch gegenüber. Lucys Rollstuhl hatten wir an den Tisch herangeschoben.

»Bist du gespannt?«, fragte Mama.

»Worauf?«

»Na, auf die Reise.«

»Ja, klar. Du nicht?«

Mama nickte.

»Doch, ich bin auch gespannt. Ich hoffe wirklich, dass alles klappt, schon deinetwegen. Schließlich hast du so viel dafür gearbeitet.«

»Aber das ist doch deinetwegen«, erwiderte ich. »Es ist deine Reise. Deshalb. Du hast davon geträumt, weißt du.«

Mama lächelte.

»Aber in erster Linie ist es dein Traum, oder? Das mit Paris?«

»Du wolltest doch immer dorthin und in einem Cabrio durch die Stadt fahren. Dein Traum.«

Mama lächelte noch breiter.

»Doch, das stimmt schon.«

»Erinnerst du dich, im Krankenhaus? Als sie das Lied gespielt haben? Das über Lucy? Du hast gesagt, dass du davon geträumt hast. Von Lucy Jordan.«

»Ja, das stimmt.«

»Dann ist es also dein Traum. So ist das mit Träumen.«

»Ja, natürlich. Träume, das ist etwas, das man träumt. Das ist klar.«

Die Tante kam zurück. Sie hatte auch ein paar Süßigkeiten gekauft. Mama versuchte Lucy etwas Schokolade zu geben, aber sie wollte nicht. Sie war immer noch unruhig.

»Das wird besser, wenn wir im Flugzeug sind«, sagte Mama. »Das ist fast wie Autofahren. Und das mag sie.«

Bevor wir an Bord des Flugzeugs gingen, wollte Mama noch einmal auf die Toilette. Sie stellte ihre Tasche auf den Tisch und bat mich, darauf aufzupassen. Die Tante wollte auch zur Toilette.

Die beiden blieben ziemlich lange fort. Schließlich nahm ich die Tasche und schob den Rollstuhl mit Lucy zu den Toiletten. Da sah ich Mama auf einer Bank sitzen, direkt vor dem Eingang zu den Toiletten. Sie saß ganz zusammengekrümmt da. Die Tante stand neben ihr.

»Kommt ihr nicht?«, fragte ich. »Unser Flug ist schon auf dem Bildschirm. Daneben steht ›go to gate‹. Wir müssen rechtzeitig da sein, wegen des Rollstuhls.«

»Deine Mutter fühlt sich im Augenblick nicht so gut«, erklärte die Tante. »Wir müssen noch einen Moment warten. Kannst du nicht hingehen und Bescheid sagen? Dass wir gleich kommen?«

Ich ließ den Rollstuhl mit Lucy bei ihnen stehen und ging zu dem Gate, von dem wir fliegen sollten. Sie hatten noch nicht angefangen, die Leute durchzulassen. Ich versuchte, mit dem Mann hinter dem Tresen Kontakt zu bekommen, aber er schaute nicht auf.

»Entschuldigung«, sagte ich.

Er reagierte nicht.

»Entschuldigung«, versuchte ich es noch einmal.

Er tippte etwas in einen Computer ein. Ein Drucker direkt neben ihm ratterte.

»Hallo!«, sagte ich laut und klopfte auf den Tresen. Da schaute er auf.

»Wir kommen ein bisschen später«, sagte ich. »Meiner Mutter geht es nicht so gut.«

»Darauf kann das Flugzeug nicht warten. Sie muss kommen, wenn wir anfangen, die Leute reinzulassen.«

»Sie kommt ja gleich. Sie muss sich nur erst noch ein bisschen ausruhen. Dann kommt sie. Wir haben einen Rollstuhl dabei.«

Er schaute auf irgendwelche Papiere.

»Seid ihr das mit einem Passagier im Rollstuhl? Ist das deine Mutter?«

»Nein, das ist meine Schwester.«

»Ist sie krank?«

»Nein, sie ist gesund. Sie sitzt nur im Rollstuhl. Und kann nicht sprechen und so. Es ist meine Mutter, die ein bisschen krank ist.«

»Wenn sie krank ist, dann kann sie nicht mitfliegen«, erwiderte der Mann. »Wir können nicht das Risiko eingehen, dass das Flugzeug wegen eines kranken Passagiers notlanden muss.«

»So krank ist sie nicht.«

»Dann muss sie herkommen.«

Ich lief zurück zu Mama und der Tante.

»Sie sagen, dass wir jetzt kommen müssen. Sonst kommen wir nicht mit.«

Die Tante schaute Mama an.

»Das geht schon«, sagte Mama.

Die Tante stützte Mama. Ich schob den Rollstuhl mit Lucy. Am Tresen stand der Mann und betrachtete uns.

»Wer ist krank?«, fragte er.

»Niemand ist krank«, antwortete ich.

»Mir geht es nicht so gut«, sagte Mama.

»Wenn Sie krank sind, kann ich Sie nicht an Bord lassen.«

»Natürlich können Sie das«, widersprach ich. »Wir haben doch Tickets.«

»Wir können kein Sicherheitsrisiko eingehen«, erklärte der Mann weiter. »Wenn Sie zu krank sind, um zu fliegen, dann können Sie nicht mit. So ist es nun einmal.«

»Aber sie muss mit«, sagte ich. »Das ist lebenswichtig.«

»Ich bin nicht krank«, sagte Mama. »Ich habe nur ein bisschen Zahnschmerzen. Aber es geht schon besser. Ich habe eine Tablette genommen.«

»Zahnschmerzen?«

»Ja, Zahnschmerzen.«

Zwei Leute in roten Hemden halfen Lucy an Bord. Sie hatten einen Spezialrollstuhl, mit dem sie sie an ihren Platz fahren konnten. Die Tante und sie wollten auf der einen Seite sitzen, Mama und ich auf der anderen.

»Du willst doch sicher am Fenster sitzen?«, fragte Mama.

Ich setzte mich auf meinen Platz und schaute aus dem Fenster. Sie waren dabei, das Gepäck im Flugzeug zu verstauen. Ein großer Tankwagen stand dicht daneben. Jemand warf schwarze Müllbeutel in einen Kleinlaster und fuhr davon.

»Jetzt kann uns nichts mehr aufhalten«, sagte Mama.

»Nein, nichts. Nichts auf der Welt.«

Mama schloss die Augen.

»Geht es dir besser?«, fragte ich.

»Ein wenig«, antwortete sie. Ich konnte sehen, dass sie ein bisschen weißen Schaum in den Mundwinkeln hatte. Sie schluckte ein paarmal. Ich schaute zur Tante hinüber. Sie war mit Lucys Sicherheitsgurt beschäftigt. Lucy wedelte mit beiden Armen. Sie fand es sicher lustig, in einem Flugzeug zu sitzen. Tante schaute in meine Richtung. Ich nickte leicht zu Mama hin, die immer noch die Augen geschlossen hatte. Tante antwortete, indem sie auch leicht nickte und einen Finger auf den Mund legte. Mama brauchte Ruhe.

Kurz darauf fuhr das Flugzeug rückwärts an. Die Stewardessen demonstrierten Rettungsweste und Sauerstoffmaske. Mama bekam von alldem nichts mit. Dann rollte das Flugzeug auf die Startbahn. Einen Moment lang standen wir ganz still. Dann hörten wir, wie die Motoren arbeiteten. Das Flugzeug fuhr immer schneller über die Rollbahn. So schnell wie ein Cabrio, dachte ich, wie ein Rennauto. Wie ein wirklich schnelles Rennauto.

Als wir schon eine Weile in der Luft waren, kamen sie mit einem Wagen angefahren und fragten, ob wir etwas zu trinken haben wollten. Die Tante wollte ein Glas Wein. Lucy bekam einen kleinen Karton Orangensaft, ich nahm eine Cola. Mama bat um einen Kaffee und ein Glas Wasser. Aber sie trank nichts davon. Die Stewardess kam und fragte, ob bei uns alles in Ordnung sei. Lucy lachte sie an.

»Na, du hast aber gute Laune«, sagte sie.

»Wer hat keine gute Laune, wenn man nach Paris fliegt«, meinte Mama.

»Da wird es bestimmt schön«, sagte die Stewardess. »Es ist gutes Wetter angesagt.«

Mama und die Tante unterhielten sich ein wenig über den Gang hinweg. Ich las in meinem Heft. Einige Male schaute ich hinaus. Niemand dort unten wusste, dass wir hier oben waren. Nicht, dass wir das waren, Mama und ich, Tante und Lucy, die hier saßen. Das wussten nur wir, dachte ich. Wir und ein paar andere Leute noch.

Die Wege auf dem Flughafen von Paris waren unglaublich lang. Mama musste sich mehrere Male zwischendurch ausruhen. Zuerst gingen wir vom Flugzeug dorthin, wo das Gepäck ankam. Von dort mussten wir aus dem Flughafen raus. Überall waren schrecklich viele Menschen. Lucy war unruhig. Ich schob ihren Rollstuhl. Die Tante hatte Mama untergehakt. Eigentlich hatten wir geplant, den Zug ins Zentrum zu nehmen, aber wir entschieden uns dann doch für ein Taxi. Mama war müde und Lucy verängstigt. Wir schoben den Rollstuhl und den Wagen mit unserem Gepäck zum Taxistand. Zum Glück gab es viele freie Wagen. So mussten wir nicht warten, bis einer kam, der groß genug für uns war.

Ich hatte angenommen, dass der Flughafen auf dem Land liegt, ein Stück von der Stadt entfernt. Aber wir fuhren auf dem ganzen Weg bis zum Hotel durch die Stadt. Mehrere Male steckten wir im Stau. Es dauerte mehr als eine Stunde, um zum Hotel zu kommen, und es war schrecklich teuer.Das Taxi hielt mitten auf der Straße vor dem Hotel, in dem wir wohnen sollten. Die Straße war so schmal, dass es gar keine andere Möglichkeit gab. Der Fahrer holte unsere Koffer und den Rollstuhl heraus. Die Tante half Lucy. Mama stellte sich in den Hoteleingang und zeigte auf ein winziges Straßencafé auf der anderen Straßenseite.

»Das sieht gemütlich aus«, sagte sie. »Genau so, wie man sich Paris vorstellt.«

An der Rezeption behaupteten sie, sie hätten keine Reservierung von uns bekommen. Zum Glück hatten wir die E-Mail mit der Bestätigung ausgedruckt. Der Mann hinter der Rezeption nahm sie mit ins Büro hinter dem Tresen. Er redete lange mit jemandem da drinnen. Dann kam er wieder heraus und sagte, dass alles in Ordnung sei. Es stellte sich heraus, dass die Zimmer auf den Namen des Onkels registriert waren, weil er sie mit seiner Kreditkarte bezahlt hatte. Wir hatten zwei Zimmer im zweiten Stock.

Der Fahrstuhl funktionierte nicht. Sie hatten ein Schild mit einer Aufschrift an seine Tür gehängt, aber auf Französisch, deshalb verstanden wir nicht, was darauf stand. In der Rezeption erklärte man uns, dass der Fahrstuhl repariert werden musste und wir ihn nicht benutzen konnten. Mama fragte, ob wir den Rollstuhl irgendwo hier unten abstellen konnten, aber das ging nicht. Also gingen zuerst die Tante und Mama die Treppe hoch, während ich mit Lucy unten wartete. Dann kam die Tante wieder herunter und half Lucy all die Treppen hinauf. Das dauerte eine ganze Weile. Ich zog den Rollstuhl die Stufen hoch.

Unsere beiden Zimmer waren ziemlich groß. Wir hatten vorher überlegt, wie wir sie aufteilen wollten. Die Tante und Lucy sollten in einem wohnen, Mama und ich in dem anderen. Ich nahm das Bett an der Wand. Mama das am Fenster. Als ich ins Zimmer kam, hatte sie sich schon hingelegt.

»Kannst du den Eiffelturm von hier sehen?«, fragte ich sie.

»Nein, aber ich sehe etwas anderes.«

Sie zeigte aus dem Fenster. Auf der anderen Straßenseite stand ein Mann auf einem kleinen Gerüst, das an zwei Seilen hing. Er strich die Wand des Hauses.

»Haben die keine Leitern hier?«

»Die Straße ist wohl zu eng dafür«, sagte Mama. »Die müssten ja den ganzen Verkehr sperren, wenn er auf einer Leiter stehen würde.«

Es schien nicht so, als hätte der Mann Höhenangst.

»Das würde ich mich nicht trauen«, sagte Mama.

»Ich auch nicht.«

Mama wollte ein bisschen schlafen. Lucy war bei ihr. Sie schlief auch ein wenig. Die Tante und ich gingen hinunter auf die Straße und suchten uns ein Geschäft, wo wir etwas zu essen und zu trinken kaufen konnten. Es war nicht so einfach, herauszufinden, was das alles war, deshalb kauften wir schließlich Cola und Brötchen.

Nachdem wir gegessen hatten, fragte ich die anderen, ob sie nicht Lust hätten, etwas zu unternehmen. Die Tante schaute Mama an. Diese erklärte, dass sie heute nichts mehr schaffen würde. Die Reise war sehr anstrengend gewesen. »Tut mir leid«, erklärte Mama und sah mich an, »jetzt enttäusche ich dich. Du hast dich so darauf gefreut, und jetzt siehst du nur das Hotelzimmer.«

»Nein, nein, das geht schon klar«, sagte ich.

Ich setzte mich eine Weile in das Zimmer von Lucy und der Tante und guckte Fernsehen. Es gab nur drei Programme, alle auf Französisch. Als ich sah, dass sie eine amerikanische Comicserie zeigen wollten, die ich von zu Hause kannte, freute ich mich. Aber auch in der redeten sie Französisch. Das war schon komisch.

Ich ging wieder ins andere Zimmer. Mama schlief immer noch. Die Tante las ein Buch, Lucy saß auf dem Boden und aß einen Keks.

»Langweilst du dich?«, fragte die Tante.

»Nein, alles klar.«

»Ich habe gesehen, dass sie unten in der Rezeption Broschüren haben, vielleicht findest du da ja etwas Spannendes.«

Ich lief die Treppen hinunter. Der Mann hinter dem Tresen schaute nicht einmal auf, als ich kam. Ich schaute mir die Broschüren an. Es gab Reklame für Sightseeing und für Bootsfahrten auf der Seine. Ein paar Zettel von Museen. Dann eine Broschüre von Eurodisney und eine vom Asterixpark. Es wäre bestimmt lustig, in diese Parks zu fahren, dachte ich.

Auf dem Tresen lag eine Broschüre von einem großen Autoverleih. Ich blätterte in ihr herum, es waren Fotos von den Wagen darin, die sie vermieteten. Alles nur ganz normale Autos. Vor dem Hotel herrschte viel Verkehr. Ich schaute aus dem Fenster. Die Straße, in der wir wohnten, war voller Geschäfte.

Ich ging wieder ins Zimmer hoch und sagte der Tante, dass ich einen kleinen Spaziergang machen wollte. Sie sah nicht so aus, als würde ihr die Idee gefallen.

»Geh aber nicht zu weit weg«, sagte sie. »Hast du dein Handy dabei?«

»Ja.«

»Und einen Zettel mit der Adresse des Hotels? Wenn du dich verläufst, frag nach dem Weg. Oder nimm ein Taxi zurück.«

»Ich bleibe in der Straße hier.«

»Kauf noch etwas zu trinken, bevor du zurückkommst.«

Ich blieb einen Moment vor dem Hotel stehen. Auch wenn ich schon früher im Ausland gewesen war, so war es doch das erste Mal, dass ich in einem anderen Land allein draußen war. Das war schon merkwürdig und ich hatte fast das Gefühl, alle würden mich ansehen. So weit ich in beide Richtungen gucken konnte, waren in allen Häusern um das Hotel herum Geschäfte. Ich ging nach rechts und schaute ins erste Schaufenster. Kleidung für alte Männer. Graue Anzüge und hässliche Strümpfe. Dann war da ein Schuhladen. Danach ein Reisebüro. Sie hatten ein Plakat mit dem Foto eines norwegischen Fjords im Schaufenster. Daneben befand sich ein Laden, der Fotoausrüstungen verkaufte. Dann kam ein Lebensmittelladen. Und eine Buchhandlung.

Ich überquerte die Straße und ging wieder zum Hotel zurück. In dem Restaurant direkt gegenüber vom Hotel saß eine Familie. Sie redeten Schwedisch miteinander. Ein Stück weiter bog ich um eine Ecke und kam auf eine größere Straße. Dort fuhr der Verkehr in beide Richtungen. Noch ein paar Meter weiter sah ich das Schild einer Tankstelle. Vielleicht konnte ich die ja nach einer Möglichkeit fragen, wo man hier ein Cabrio ausleihen konnte?

Die Tankstelle war viel kleiner als die zu Hause. Es gab nur zwei Zapfsäulen und einen kleinen Verschlag, in dem ein junger

Mann saß und Zeitung las. Es sah nicht so aus, als würde er etwas von Cabrios verstehen. Ich ging die gleiche Straße ein Stück weiter, bis ich zu einem Einkaufszentrum kam. Davor blieb ich eine Weile stehen und guckte mir die Schaufenster an. Sie stopften hier viel mehr in die Schaufenster als zu Hause. Sogar Figuren, die sich bewegten, und lebendige Hundewelpen.

Plötzlich stand ich direkt vor einem blauen Sportwagen. Auch wenn das Verdeck geschlossen war, konnte ich sehen, dass es ein Cabriolet war. Ich versuchte herauszufinden, welche Automarke es war, aber das war nirgends zu erkennen. Als ich hineinschaute, konnte ich sehen, dass es nur zwei Sitze hatte. Genau so eines suchte ich! Auch wenn das Auto nicht rot war. Ich schaute mich um, ob es jemanden gab, der aussah, als würde ihm der Wagen gehören. Aber ich sah niemanden. Alle gingen nur vorbei. Anscheinend fand nur ich, dass an dem Auto etwas Besonderes war. Das Geschäft, vor dem es stand, verkaufte Kleidung. Ich schaute hinein. Es waren wohl mehr als hundert Kunden drinnen. Ich konnte sie nicht alle fragen, ob ihnen der Wagen gehörte. Und dabei war ja gar nicht sicher, dass der Autobesitzer überhaupt in dem Laden war. Ich ging die Straße ein Stück weiter, um zu sehen, ob es irgendwelche Geschäfte gab, die den Besitzer eines blauen Cabrios interessieren könnten. Einen Laden, der Autozubehör verkaufte, vielleicht. Aber ich entdeckte nichts, und als ich mich wieder umdrehte, sah ich, dass das blaue Cabrio gerade auf die Straße fuhr. Es war nicht möglich zu erkennen, wer es fuhr. Ich versuchte gar nicht erst, hinter ihm herzulaufen.

Ich ging ein paar Straßen weiter, um zu sehen, ob ich vielleicht noch ein Cabrio fand. Viele Autos waren richtig schön, einige sahen sogar fast wie Cabrios aus. Aber es war kein richtiges dabei, so eines, bei dem man das Dach herunterklappen kann. Und das musste sein.

Plötzlich entdeckte ich ein Schild. Ein riesiges Schild mit einem »i« darauf. Touristeninformation. Dort konnte ich fragen.

Die Dame, die hinter dem Tresen saß, trug eine schwarze Brille und einen grünen Pullover. Sie sah gleich, dass ich kein Franzose war, denn sie sprach Englisch, als sie mich fragte, ob sie mir mit etwas helfen könne. Ich erzählte ihr von Mama und dem Auto, das wir mieten wollten. Damit sie durch Paris fahren konnte, mit dem Wind in den Haaren.

»Da weiß ich genau das Richtige«, sagte sie. »Hier, sieh mal, wir haben Sightseeingbusse mit zwei Stockwerken. Und oben sind sie offen, das müsste doch was für dich sein, oder?«

Ich schüttelte den Kopf.

»Nein, es muss ein richtiges Cabrio sein.«

Die Frau sprach mit jemandem im Raum hinter ihr.

Eine tiefe Männerstimme antwortete ihr. Dann tauchte sie hinter dem Tresen ab und kam mit einem Prospekt wieder zum Vorschein.

»Der liegt hier schon lange herum. Aber jedenfalls steht hier, dass man klassische Sportwagen aus den Fünfziger- und Sechzigerjahren mieten kann. Jaguar, Ferrari und Porsche. Was hältst du davon? Es sind auch Fotos von den Autos hier. Guck mal, zwei haben kein Verdeck.«

Ich merkte, wie meine Stimme zitterte.

»Genau an so etwas habe ich gedacht, ja.«

»Soll ich für dich einmal anrufen?«, fragte die nette Dame.

»Ja bitte.«

Sie wählte die Nummer und redete eine ganze Weile.

»Das kostet hundertfünfzig Euro die Stunde«, sagte sie, »und zwar mit Chauffeur.«

Das konnten wir uns leisten, vielleicht sogar für vier Stunden.

Sie sprach wieder mit dem Autovermieter.

»Sie haben in vier Wochen einen Ferrari ohne Verdeck frei. Passt das?«

»Nein, es muss noch vor Sonntag sein.«

Die Dame schüttelte den Kopf.

»Das geht nicht, alle Autos sind gerade vermietet. Sie sind bei Filmaufnahmen in Marseille. Die werden im August fertig sein.«

»Das ist zu spät.«

Die Frau sagte etwas ins Telefon und legte dann den Hörer auf.

»Dann tut es mir leid.«

Als ich die Touristeninformation verließ, war ich den Tränen nahe. Es gab Autos, die wir hätten mieten können, wir waren nur zum falschen Zeitpunkt hier. Warum hatte ich das nicht herausgefunden, bevor wir die Flugtickets gekauft hatten? Dann wären wir im August gekommen.

Ich ging zurück zum Hotel. Da entdeckte ich auf der anderen Straßenseite einen Laden. »Lucy Jordan« stand auf dem Schild. »Lucy Jordan«! Ich musste es laut rufen. Das musste doch ein gutes Zeichen sein. Es gab in Paris einen Laden, der hieß »Lucy Jordan« und der lag nur zwei Straßen von unserem Hotel entfernt. Ich glaube, ich riss die Tür zu dem Laden voller Schwung auf.

Drinnen war es ganz still. An den Wänden standen Ständer, die mit Kleidung vollgepackt waren. In der Mitte des Raums waren Kisten mit Schuhen und Taschen abgestellt. Eine Frau kam durch eine Tür aus dem Hinterzimmer herein. Sie begrüßte mich auf Französisch. Ich antwortete auf Englisch.

»Heißen Sie … äh, sind Sie … was verkaufen Sie hier?«

»Wir verkaufen gebrauchte Kleidung«, sagte sie. »Gebrauchte Kleidung und Schuhe.«

»Aber der Name? ›Lucy Jordan‹? Heißen Sie so?«

Sie musste lachen.

»Nein, das ist aus einem Song. Über eine Frau, die davon träumt, einmal nach Paris zu reisen.«

»Sie träumt davon, in einem Cabrio durch die Stadt zu fahren, mit dem Wind in den Haaren.«

»Du kennst den Song.«

Ich erzählte ihr von Mama.

»Weißt du«, sagte sie. »Als ich fünfunddreißig war, da war ich gerade geschieden. Ich lebte in Kanada. Eines Tages habe ich dieses Lied gehört, und da habe ich beschlossen, nach Paris zu ziehen und etwas ganz anderes zu tun. In Kanada war ich Lehrerin. Jetzt verkaufe ich tagsüber gebrauchte Kleidung und unterrichte abends französische Studenten in Englisch.«

»Ist das denn was ganz anderes?«

»Nein, nicht ganz. Aber etwas muss man ja tun, etwas, das man kann. Ich habe immer davon geträumt, Kleider in Paris zu verkaufen. In der Modehauptstadt der Welt. Mein eigenes Modehaus zu leiten. Das werde ich niemals schaffen. Aber ich verkaufe Kleidung. Und damit ich davon leben kann, muss ich nebenbei unterrichten. Man kann seine Träume erfüllen. Einige schaffen alles, aber die meisten müssen sich mit etwas weniger zufriedengeben. Deshalb heißt mein Laden ›Lucy Jordan‹.«

»Kennen Sie jemanden, der so ein Cabrio hat?«

»Nein, aber ich glaube, ihr schafft das. Das habe ich so im Gefühl.«

Als ich zurück ins Hotel kam, ging es Mama wieder gut. Wir beschlossen, in einem der kleinen Restaurants in der Nähe essen zu gehen.

»Etwas richtig Exklusives, original Französisches, das wäre das Richtige heute«, sagte die Tante. »Damit wir wirklich fühlen, dass wir in Paris sind. Nur keine Schnecken. Oder Froschschenkel.«

»Ich habe einmal Froschschenkel gegessen«, sagte Mama. »Das war in Dänemark. Die haben nicht schlecht geschmeckt, aber besonders gut waren sie auch nicht. Die müssen wir heute nicht essen. Worauf hast du Lust?«

Sie sah mich an.

»Pizza«, sagte ich.

Und es wurde Pizza. Wir fanden ein kleines Lokal gleich um die Ecke vom Hotel. Der Fahrstuhl funktionierte immer noch nicht, und wir hatten keine Lust, den Rollstuhl all die Treppen hinunterzuschaffen, deshalb musste es sehr, sehr nahe sein. Die Tante und ich stützten Lucy auf beiden Seiten.

»Oh, wie schön«, sagte Mama. Der Kellner hatte eine Kerze angezündet, die er oben in eine leere Weinflasche gesteckt hatte. Auf dem Tisch lag eine karierte Decke. »Es ist schon eine Ewigkeit her, dass ich das letzte Mal im Restaurant war.«

Der Kellner kam mit einem Schälchen Oliven. Tante probierte sie und sagte, die seien richtig gut. Ich probierte auch eine und stellte fest, dass es das Schlimmste war, was ich jemals gegessen hatte. Als ich sie ausspuckte, musste die Tante lachen.

»Ich glaube, man muss erwachsen sein, um die zu mögen«, sagte sie.

Mama bestellte für Lucy Lasagne, wir anderen aßen Pizza.

»Welche Pläne haben wir für morgen?«, fragte die Tante.

»Na, wir müssen uns wohl ein bisschen umschauen«, sagte ich. »Vielleicht machen wir eine Bustour. Dann fahren wir auf den Eiffelturm und anschließend gucken wir uns die ›Mona Lisa‹ an. Dazu hätte ich Lust.«

Mama und die Tante sahen einander an.

»Vielleicht können wir beide eine Sightseeingtour machen«, schlug die Tante vor. »Und ein paar von den bekannten Sehenswürdigkeiten angucken. Außerdem würde ich gern ein bisschen einkaufen. Ein paar Kleider in Paris kaufen.«

»Mama muss auch mit«, wandte ich ein. »Ihretwegen sind wir doch nur hier.«

»Wir müssen sehen, was ich morgen schaffe«, sagte Mama. »Es ist schon fantastisch, überhaupt in Paris zu sein.«

»Was ist mit der Autofahrt?«, fragte die Tante. »Hast du etwas hingekriegt? Hast du eine Überraschung für uns?«

Ich schüttelte den Kopf.

»Noch nicht.«

»Das macht gar nichts«, sagte Mama. »Eigentlich interessiere ich mich nicht besonders für Cabrios und so. Das Wichtigste ist, dass wir jetzt zusammen sind.«

»Das klappt schon«, sagte ich. »Es gibt immer eine Lösung.«

Die Tante half Lucy beim Essen.

»Können wir auch einen Dessert haben?«, fragte ich.

»Du bist hier der Reiseleiter, du musst entscheiden«, meinte die Tante.

Ich schaute in die Speisekarte.

»Die haben hier Fromage«, sagte ich. »Das kenne ich, das ist Pudding, der ist absolut lecker.«

Mama und die Tante lachten.

»Da würdest du aber dumm gucken«, sagte Mama. »Fromage ist Französisch und heißt Käse. Und das sind solche Käse, die du nicht magst.«

»Äh«, sagte ich. »Eklige Käse sind doch kein Dessert, oder?«

Wir bestellten eine Art Schokoladenpudding. Lucy hatte die Schokolade im ganzen Gesicht. Mama schaffte nur wenig von ihrem Dessert, die Tante auch. So blieb ziemlich viel für mich übrig.

»Du wirst noch bis nächsten Freitag von all der Schokolade aufgedreht sein«, sagte Mama.

»Ach was.«

Doch Mama hatte nicht ganz unrecht. An diesem Abend war es schwer einzuschlafen. Ob es nun an der Schokolade lag, da war ich mir nicht sicher. Aber unmöglich war das nicht.

Am nächsten Vormittag ging die Tante hinunter zur Rezeption, um sich nach Möglichkeiten für eine Sightseeingtour zu informieren. Ich blätterte solange in einer Broschüre, die ich vom Flughafen zu Hause mitgenommen hatte. Es ging darum, was man machen musste, wenn man im Ausland krank wurde. Oder einen Unfall hatte oder bestohlen wurde. Eine Reiseversicherung war wichtig, aber das wusste ich ja. Und die Krankenversicherungskarte auch. Die hatten wir dabei. Außerdem stand dort, dass die norwegische Botschaft helfen konnte, wenn man Probleme hatte. Hinten in der Broschüre gab es eine Liste der Botschaften in den verschiedenen Ländern. Die norwegische Botschaft in Paris war auch aufgeführt. Ich ging ins andere Zimmer und rief von dort aus an.

Die Frau, die antwortete, sprach Französisch. Ich sagte auf Englisch, dass ich mit jemanden sprechen wollte, der Norwegisch konnte. Sie stellte mich zu einem Mann durch.

»Wie kann ich helfen?«

Wieder einmal erklärte ich Mamas Situation und warum wir nach Paris gekommen waren. Auch ihm erzählte ich von der geplanten Autofahrt.

»Das ist wohl eines der Dinge, bei der die Botschaft nicht behilflich sein kann«, meinte der Mann.

»Aber kennen Sie jemanden, der ein Cabrio hat? Meine Mutter ist sehr krank, wissen Sie.«

Der Mann seufzte schwer.

»Nein, von Cabrios weiß ich nichts. Aber ich kann einen Krankentransport organisieren. Das ist wohl eher das, was ihr braucht, oder?«

Ich legte den Hörer auf, ohne mich zu bedanken oder zu verabschieden.

Die Tante hatte für uns eine Rundfahrt durch die Stadt gebucht. In zwei Stunden sollte ein Minibus kommen und uns am Hotel abholen. Mit dem sollten wir zu den bekanntesten Sehenswürdigkeiten fahren.

»Wie schön«, sagte Mama.

Die Tante ging, um Lucy fertig zu machen.

»Du«, sagte ich zu Mama. »Das wird schwierig.«

»Was?«

»Das mit dem Auto.«

»Das Sightseeing?«

»Nein, das mit dem Cabrio.«

»Ach, hast du das immer noch nicht aufgegeben? Wir werden doch Paris heute vom Minibus aus sehen. Dann müsstest du doch zufrieden sein, oder?«

»Aber deshalb sind wir doch hier?«

»Weshalb?«

»Wegen der Autofahrt. Weil du in einem Cabrio fahren sollst.«

»Eigentlich«, sagte Mama mit einem Seufzer, »eigentlich sind wir hier, weil du das wolltest. Und weil du so ein Sturkopf bist, hast du nicht lockergelassen. Du hast das Geld besorgt und alles geregelt. Das muss doch ein tolles Gefühl sein, oder?«

»Doch, aber du bist es«, sagte ich. »Du bist der Grund, warum wir hergekommen sind.«

»Jetzt denk nicht weiter an rote Cabrios oder Songs, die populär waren, lange bevor du geboren wurdest. Uns geht es doch prima hier, so gut, wie es uns nur gehen kann.«

»Aber dein Traum? Dein Lebensmut?«

»Na, das ist doch wohl vor allem dein Traum. Du träumst davon, dass ich wieder gesund werde und dass unser Leben wieder so wird wie vorher. Und darüber bin ich sehr glücklich. Aber du musst wissen, dass nichts davon abhängt, ob du es schaffst, einen Ferrari in Paris zu besorgen. Der Krebs wird deshalb nicht verschwinden. Es sind du und Lucy, ihr gebt mir den Lebensmut und die Freude. Die Hoffnung, zu sehen, wie ihr erwachsen werdet. Du bist jetzt fast vierzehn. Das ist viel zu früh, um so viel Verantwortung zu übernehmen. Und das macht mir viel mehr Sorgen als die Frage, ob sich ein Cabrio auftreiben lässt. Was ist, wenn es nicht klappt und ich nicht wieder gesund werde? Willst du dann den Rest deines Lebens darüber grübeln, ob das der Grund war, dass ich gestorben bin? So geht das nicht, mein Schatz. So geht das nicht. Jetzt sind wir in Paris. Und hier machen wir das Beste draus, machen alles, was wir können, und haben ein paar fantastische Tage. Wir alle zusammen.«

Ich wandte mich ab. Sehen, wie Lucy und ich erwachsen wurden. Lebensmut. Ich wusste, was ich wollte. Ich wollte Lebensmut schaffen, Freude. Da konnte sie sagen, was sie wollte. Ich wusste, ich war dafür verantwortlich.

Die Tante und ich halfen Lucy hinunter in die Rezeption. Da es heute wohl auch einige Spaziergänge geben würde, mussten wir den Rollstuhl mitnehmen. Die Tante ging hoch, um ihn zu holen und Mama zu helfen. Ich ging mit Lucy schon mal vor das Hotel. Ohne Mama oder die Tante war sie unruhig. Ich versuchte sie dazu zu bewegen, sich auf den Rand eines Blumenkübels zu setzen, aber das wollte sie nicht. Sie wiegte sich hin und her und gab Laute von sich.

Der Mann in der Rezeption klopfte ans Fenster. Ich schaute zu ihm rüber. Er winkte mir zu, ich sollte hereinkommen.

»Bleib hier stehen«, sagte ich zu Lucy.

Der Mann gab mir Bescheid, dass der Sightseeingbus zehn Minuten Verspätung haben würde. Sie hatten angerufen.

»Okay«, sagte ich.

Ich schaute die Treppe hinauf, um zu sehen, ob die anderen kamen. Dann ging ich wieder hinaus. Lucy war fort.

»Lucy! Lucy!« Ich rief laut nach ihr, obwohl ich wusste, dass es keinen Sinn hatte. Sie konnte ja nicht antworten. Ich schaute mich um. Sie war nicht hinter den Blumenkübel gefallen, auch nicht zwischen die parkenden Autos. Ich starrte auf die Hoteltür. Wenn nur Mama und die Tante bald herauskämen. Sie konnten mir suchen helfen. Aber sie würden wütend werden. Wütend, weil ich nicht aufgepasst hatte. Jemand musste Lucy doch gesehen haben. Ich war ja nur eine Minute weg gewesen. Nicht einmal eine Minute. Ein paar Sekunden. Jemand musste etwas gesehen haben.

»Have you seen my …?« versuchte ich es bei einem Paar, das vorbeiging. Sie schüttelten nur den Kopf, verstanden wohl nicht, was ich sagte.

»Lucy! Lucy!«

Ich lief um eine Ecke und schaute dort die Straße rauf und runter. Ich lief weiter, starrte in die Geschäfte. Dann zurück zum

Hotel, keine Lucy vor dem Eingang, weiter zur Straßenecke in die andere Richtung, ich rief, lief, Geschäfte, Hauseingänge, zwischen den Autos, hinter den Mülleimern. Keine Lucy.

Noch einmal lief ich zurück zum Hotel, bis zur Eingangstür und den großen Fenstern. Drinnen konnte ich die Tante mit dem Rollstuhl kommen sehen. Ich schluchzte, lief weiter, drehte mich um, lief zurück. Die Hoteltür ging auf. Ich wollte die Tante anschreien, Mama anschreien. Doch plötzlich stand sie da. Lucy. Sie stand an die Hotelwand gelehnt und hielt sich an dem Regenrohr fest.

»Wo warst du?«, fragte ich sie keuchend. Sie konnte nicht antworten. Stand nur da. Die Tante und Mama kamen auf uns zu. Lucy lächelte mich an. Zum ersten Mal lächelte Lucy mich an. Sie lachte nicht, gab keine Töne von sich. Lächelte nur.

»Der Bus ist etwas verspätet«, sagte die Tante.

»Ich weiß.«

»Wir müssen einfach hier warten.«

Mama schaute mich an.

»Du bist ganz rot im Gesicht. Alles in Ordnung mit dir?«

»Ja, alles in Ordnung.«

Die Rundfahrt mit dem Bus endete am Eiffelturm. Wir waren an vielen bekannten Sehenswürdigkeiten von Paris vorbeigefahren.

»Es war schön, das alles zu sehen«, sagte die Tante. »Ich wünschte nur, wir hätten die Zeit, auch noch überall hineinzugehen. In die Kathedrale Notre Dame und den Louvre zum Beispiel.«

»Vielleicht können wir das heute Nachmittag machen«, sagte ich. »Das ist gar nicht so weit weg vom Hotel.«

Die Tante und ich stellten uns in die Schlange zum Fahrstuhl, der den Eiffelturm hochfuhr. Mama setzte sich auf eine Bank, mit Lucy im Rollstuhl gleich neben sich. Auf dem Weg den Turm hinauf konnten wir sie sehen. Wir winkten, doch dass konnte Mama von ihrer Bank aus nicht erkennen. Von der Spitze aus hatten wir einen Blick über die ganze Stadt.

»Kannst du das Hotel entdecken?«, fragte ich die Tante.

»Nein, wenn man so weit oben ist, wird alles irgendwie zu einer einzigen grauen Masse«, antwortete sie. »Und dreihundert Meter, das ist schon schrecklich hoch. Nur gut, dass wir nicht all die Treppenstufen hinaufgehen mussten.«

»Auf der Erde sind dreihundert Meter nicht viel«, erwiderte ich. »Die kannst du in wenigen Minuten abgehen.«

»Schon komisch«, meinte Tante darauf. »Die Dinge verändern sich, wenn man sie auf eine andere Art und Weise ansieht.«

Wir beschlossen, unsere Mittagspause im Park am Eiffelturm zu machen. Mama hatte eine Decke mitgenommen. Die legte ich jetzt auf den Rasen und half Lucy, sich draufzusetzen. Sie wurde müde, wenn sie so lange im Rollstuhl sitzen musste. Die Tante ging zu einem Kiosk und kaufte Würstchen und Hamburger. Ein Mann mit einem großen Kasten vor dem Bauch kam zu uns und verkaufte uns Limonade- und Wasserflaschen. Mama machte Fotos von Lucy auf der Decke mit dem Eiffelturm im Hintergrund. Zwei Frauen in langen Röcken kamen und wollten uns etwas fragen. Sie zeigten uns irgendeinen Schmuck. Sicher wollten sie Geld dafür. Erst als die Tante wütend wurde, gaben sie auf. Dann versuchten sie, Lucy etwas zu verkaufen. Da kam ein fremder Mann und jagte sie weg. Er sagte etwas zu uns auf Französisch, wir lächelten und sagten »thank you«.

Mama sagte, es sei herrlich, hier so zu sitzen und all die Leute anzuschauen. Ich ging zu einem Kiosk und kaufte für uns alle vier ein Eis.

»Es sind Tage wie dieser, an die wir uns erinnern, so lange wir leben«, meinte die Tante. Sie warf Mama einen schnellen Blick zu. Mama sagte nichts.

»Ich will mal sehen, ob ich einen Kiosk finde, der Postkarten verkauft«, sagte ich. »Ich will welche an einige aus der Klasse schicken, damit sie sehen, dass ich wirklich in Paris bin.«

»Vergiss nicht, gleich nach Briefmarken zu fragen«, sagte Mama.

»Und kauf mir auch zwei«, sagte die Tante.

»Und eine für mich«, fügte Mama noch hinzu, »ich muss doch

eine an meine Arbeit schicken. Schließlich haben die Leute dort uns die Reise spendiert.«

Ich suchte ein paar Karten mit Eiffelturm und Triumphbogen heraus. Der Mann im Kiosk zählte sie durch.

»Do you sell …« Mir fiel nicht ein, was Briefmarke auf Englisch hieß.

»Frimerker«, sagte der Mann auf Norwegisch.

»Sprechen Sie Norwegisch?«

Er erklärte mir auf Englisch, dass zu ihm Touristen aus der ganzen Welt kamen. Von denen hatte er viele Worte in den verschiedensten Sprachen gelernt. Er zeigte auf einzelne Dinge im Kiosk und sagte ihre norwegischen Namen.

»Aber woher haben Sie gewusst, dass ich aus Norwegen bin?«, fragte ich.

»Das habe ich an deinem Akzent gehört.«

Und dann demonstrierte er mir noch, wie es sich anhörte, wenn Menschen aus anderen Ländern Englisch oder Französisch sprachen.

»Das ist ja beeindruckend«, sagte Mama, als ich ihr von dem Kioskverkäufer erzählte.

Die Tante hatte einen Kugelschreiber in der Tasche. Bevor wir weitergingen, schrieben wir unsere Karten. Der Mann im Kiosk winkte, als wir vorbeigingen.

Ich ging mit der Tante zur Kathedrale Notre Dame, während Mama und Lucy im Hotel blieben. Die Kirche war riesig und etwas unheimlich. Ich dachte an den Film vom Glöckner von Notre Dame. Drinnen war es unglaublich hoch bis zur Decke.

»Warum stehen hier brennende Kerzen vor den Figuren?«, fragte ich.

»Ich weiß nicht. Die Figuren, das sind sicher Heilige. Und man zündet Kerzen an, wenn man vor ihnen betet.«

»Kann man nicht beten, ohne eine Kerze anzuzünden?«

»Doch, sicher. Ich weiß nicht so genau. Aber es gibt bestimmt einen Grund dafür.«

»Was glaubst du, wofür beten sie?«

»Vielleicht um viel Geld? Oder darum, dass Kranke wieder gesund werden.«

»Glaubst du das?«

»Ja, für irgendwas müssen sie ja beten. Ich habe davon nicht so viel Ahnung. Aber ich glaube, sie beten auch dafür, dass es den Toten gut geht.«

»Den Toten? Die sind doch tot. Dann kann es denen doch nicht gut gehen!«

»Einige glauben das schon.«

Es gab einen Kasten, in den man Geld werfen konnte, fünfzig Cent sollten es sein. Dann konnte man eine Kerze nehmen und sie anzünden. Ich suchte in meinen Taschen, fand aber nur zehn Cent. Die versteckte ich in der Hand und warf sie in den Kasten, bevor ich eine Kerze nahm. Niemand hatte es bemerkt. Dann zündete ich die Kerze an und steckte sie auf einen freien Kerzenhalter. Ich hoffte, das funktionierte, selbst wenn ich nicht genug für die Kerze bezahlt hatte. Aber beten, das tat ich nicht.

Anschließend gingen wir zum Louvre, aber dort war an dem Tag geschlossen. Also machten wir uns auf den Weg zurück ins Hotel.

An diesem Abend saßen Mama und die Tante in einem unserer Hotelzimmer und unterhielten sich. Ich ging ins andere Zimmer, um Fernsehen zu gucken. Lucy schlief schon.

»Mach den Fernseher nicht so laut, damit du sie nicht aufweckst«, sagte Mama.

»Lucy aufwecken«, entgegnete ich. »Wenn sie schläft, dann braucht es mehr als einen Fernseher, um sie zu wecken.«

»Sie schläft den Schlaf der Unschuldigen«, meinte die Tante.

Ich zappte eine Weile zwischen den Kanälen hin und her, verstand aber nichts. Es endete damit, dass ich mir ein Radrennen anguckte. Die Tagesetappe der Tour de France. Jedes Mal, wenn ein steiler Berg kam, war es besonders lustig anzusehen. Tausende von Zuschauern standen am Rand oder liefen mit, um die Radfahrer anzufeuern. Manchmal liefen sie fast gegen die Autos, die den Fahrern folgten. Ein paarmal konnte ich sogar sehen, dass Leute norwegische Fähnchen schwenkten.

Lucy machte im Schlaf Geräusche. Sie schlug mit ihrer gekrümmten Hand nach etwas. Sicher nach etwas, wovon sie träumte. Der Schlaf der Unschuldigen, so hatte die Tante es vorhin genannt. Ist man unschuldig, nur weil man nicht sprechen kann? Und ist Lucy unschuldiger als ich? Oder als Mama? Warum ist Mama krank? Sie hat doch keine Schuld an irgendwas. Und wenn ich etwas falsch mache, verdiene ich es dann, dafür krank zu werden? Krebs zu bekommen? Nein, so laufen die Dinge nicht. Vielleicht können die, die nicht sprechen können, auch nicht denken. Vielleicht kann Lucy deshalb so schnell einschlafen. Sie muss über nichts nachdenken. Nichts bereuen, nichts planen, nichts erklären. Sie ist drei, fast vier Jahre älter als ich, und trotzdem ist sie wie ein Baby. Sie braucht Windeln, muss gefüttert werden, kann nicht sprechen und braucht für alles Hilfe. Sie kann fast nicht gehen. Aber sie ist gesund.

Ich dachte an die Kerze, die ich in der Kirche angezündet hatte. Ich hatte für nichts gebetet. Aber wenn ich hätte beten wollen, wofür hätte ich beten sollen? Dass Mama gesund wurde? Dass Mama überlebte? Wäre es falsch von mir zu beten, dass Lucy statt Mama sterben sollte? Ja, natürlich. So darf man nicht denken. Und trotzdem, solche Gedanken kommen. Die Dinge verändern sich nicht, wenn man an etwas denkt. Keiner stirbt, weil jemand an den Tod denkt. Aber es wird auch niemand gesund, weil jemand an das Leben denkt. An den Lebensmut. Den Lebenswillen.

Die Fernsehkommentatoren schrien immer lauter, je näher die Radfahrer dem Ziel kamen. Plötzlich war es vorbei. Mindestens zehn Rennfahrer waren gleichzeitig ins Ziel gekommen. Ich hatte nicht sehen können, wer gewonnen hatte. Aber dann zeigten sie das Zielfoto. Der Reifen des Siegers war vielleicht drei Zentimeter vor dem des Zweiten. In der Schule hätten wir gesagt, dass es unentschieden war. Hier waren sie mehr als zweihundert Kilometer gefahren. Es muss ziemlich frustrierend sein, dann Nummer zwei zu werden.

Nach dem Radrennen zeigten sie einen Spätfilm mit viel Schießerei und nackten Leuten. Als ich die Tante auf dem Flur hörte, schaltete ich schnell den Fernseher aus, sie mochte es nicht, wenn ich mir solche Filme anguckte. Ich sagte ihr Gute Nacht und ging zu Mama ins Zimmer. Die war im Bad und machte sich fertig, um ins Bett zu gehen. Also musste ich auch ins Bett gehen.

Nachts machte Mama komische Geräusche beim Atmen. Irgendwie so ein Piepsen. Ich wachte mehrere Male davon auf. Einmal wachte ich auch von einer Kirchenglocke auf, eine, die jede Stunde schlug. Und dann vom Müllwagen unten auf der Straße. Ich schlief wohl nicht den Schlaf der Unschuldigen. Kurz vor sechs Uhr stand ich auf, zog mich an und ging hinaus.

In der Rezeption saß ein anderer Mann als sonst. Das war sicher der Nachtdienst. Ich ging vorbei, ohne etwas zu sagen. Er schaute auch gar nicht von seiner Zeitung auf.

Draußen war es fast still. Es dauerte noch lange, bis die Geschäfte öffneten, die wenigen Autos in der Straße standen am Rand geparkt. Ich ging auf die andere Straßenseite und weiter in die Richtung, in der die Tante und ich zur Kathedrale Notre Dame gelaufen waren. Mehrere Male wartete ich bei den Ampeln nicht erst auf grünes Licht, es kamen ja doch keine Autos. Einmal kam ein großer Tankwagen langsam herangefahren, er wusch die Straße mit einem kräftigen Wasserstrahl. Ich musste zur Seite springen, um nicht nass zu werden. Ein Polizeiwagen verlangsamte seine Fahrt, und beide Polizisten starrten mich an, sie fragten sich wohl, was so jemand wie ich so früh schon draußen zu suchen hatte. An der Seine sah ich mehrere Jogger, die ihre frühen Runden drehten. An einer Stelle hatten sich Obdachlose am Eingang zu einem Geschäft zusammengekauert.

Ich ging auf eine Brücke und schaute von dort ins Wasser hinunter. Unten an den Brückenpfeilern hatte sich einiges an Müll gesammelt, Plastiktüten und so. Ein Stück weiter oben kam ein Pappkarton herangeschwommen. Zwei Sightseeingboote lagen gleich unter mir vertäut. Vielleicht könnte ich vorschlagen, dass wir heute eine Bootsfahrt auf der Seine machten?

Ein Vogel schrie direkt hinter mir. Eine Krähe, nehme ich an. Ich drehte ein wenig den Kopf. Da sah ich, wie etwas Rotes auf der anderen Seite der Brücke vorbeifuhr. Ich drehte mich ganz um und konnte gerade noch das Ende eines roten Cabrios sehen. Die blonden Haare der Frau, die das Auto fuhr, wehte im Wind. Die Frau aus dem Krankenhaus! Das war sie. Sie war hier!

Ich rief ihr laut nach und rannte direkt auf die Fahrbahn. Ein Auto kam mir entgegen und hupte. Ich lief einfach weiter. Auf die andere Seite der Brücke, so schnell ich nur konnte. Das Auto hielt an einer Ampel, mehrere hundert Meter von mir entfernt. Ich wedelte mit den Armen und schrie. Sie bekam grünes Licht und fuhr weiter bis zur nächsten Ampel. Ich schrie noch lauter und rannte hinter ihr her. Jetzt konnte ich sehen, dass die Frau sich umdrehte, um zu sehen, wer da so schrie. Dann wurde es wieder Grün und der Wagen bog ab. Ich lief weiter, über rote Ampeln, lief zwischen den wenigen Autos hindurch, die unterwegs waren. Bis zu der Ecke, hinter der das Auto verschwunden war. Da stand es!

Ich prallte fast auf den Kofferraum des Autos und ließ mich fallen. Mein Atmen war nur noch ein stoßweises Keuchen, mir war fast schwarz vor Augen.

»Ich …«, stöhnte ich.

Die Frau im Auto sagte etwas. Ich schaute auf. Das war gar nicht sie. Nicht die Frau vom Krankenhaus. Diese hier hatte aber genauso lange, blonde Haare und das Cabrio war rot. Sie sagte wieder etwas.

»Sorry«, sagte ich und erklärte auf Englisch, dass ich sie mit jemand anderem verwechselt hatte. Mit einer Frau, die ihr ähnlich war. Einer mit ebenso blonden Haaren.

»Na, es gibt wohl noch andere mit rotem Auto und blonden Haaren hier in Paris«, meinte sie lächelnd.

»Die andere wohnt nicht in Paris, sie wohnt in Norwegen.«

Da musste sie lachen.

»Dann ist die Chance ja nicht besonders groß, sie ausgerechnet hier zu finden. Ist das eine gute Freundin von dir, die blonde, norwegische Frau?«

»Nein, ich kenne sie nicht. Habe sie nur zweimal gesehen.«

»Und du warst von ihr so beeindruckt, dass du geglaubt hast, sie in einem anderen Land wiederzusehen? Klingt ja spannend.«

Da erzählte ich ihr von Mama und dem Cabrio. Dem Traum. Von Lucy und dem Song.

»Steht in dem Lied, dass es ein Ferrari sein muss?«, fragte sie.

»Nein, nur ein Cabrio.«

»Mein Auto ist ein Fiat. Ein ziemlich normaler Fiat. Aber zumindest ist es ein offener Sportwagen. Nicht so teuer und schnell wie ein Ferrari, aber mir gefällt er. Was meinst du, wäre deine Mutter einverstanden mit einer Rundtour in diesem Wagen?«

»Ja!«

»Dann machen wir das. Aber nicht heute, jetzt nicht. Ich bin auf dem Weg zur Arbeit. Ich arbeite in einem Hotel. In der Rezeption. Und muss in zehn Minuten anfangen. Wollen wir uns für morgen früh verabreden? Bevor der Verkehr zu dicht wird?«

Ich sagte ihr, in welchem Hotel wir wohnten. Sie wusste, wo das lag.

»Also, morgen früh um acht Uhr«, sagte sie. »Dann bin ich da.«

Ich blieb stehen und schaute ihr nach, als sie um die nächste Ecke verschwand. Ein roter Cabrio. Kein Ferrari, kein Porsche oder Jaguar. Ein Fiat. Es gibt immer eine Möglichkeit, man muss sich nur mit dem zufriedengeben, was möglich ist. Und ein Fiat-Cabrio war möglich.

Die Tante war bereits aufgestanden. Mama schlief noch. Ich freute mich darauf, ihnen von der Frau in dem roten Wagen zu erzählen.

Inzwischen war der Fahrstuhl repariert worden. Lucy konnte auf dem Weg hinunter zum Frühstück in ihrem Rollstuhl sitzen.

»Ich bin heute morgen ganz früh aufgestanden«, sagte ich. »Und weil ich nicht schlafen konnte, bin ich spazieren gegangen. Bis zur Seine hinunter.«

»Du meine Güte!«, rief die Tante.

»Du musst vorsichtig sein«, sagte Mama.

»Da habe ich eine Frau in einem roten Sportwagen getroffen. Einem Cabriolet. Sie kommt morgen ganz früh hier vorbei. Und dann werdet ihr beide im Cabrio durch Paris fahren.«

Ich schaute Mama an.

»Was für eine Frau war das?«, fragte sie.

»Eine, die in einem Hotel arbeitet.«

»Und wie heißt sie?«

»Das weiß ich nicht.«

»Und das Hotel?«
»Keine Ahnung. Aber sie hat ein Cabrio.«
»Hat sie wirklich gesagt, sie will kommen? Einfach so?«
»Ja. Morgen früh um acht.«
»Hmm«, sagte die Tante.
»Ja, dann müssen wir uns wohl morgen schon früh anziehen«, sagte Mama. »Falls deine Freundin tatsächlich auftaucht.«
»Natürlich kommt sie. Sie hat es mir doch gesagt.«

An diesem Samstag liefen wir ein wenig in Paris herum. Mama konnte nicht so weit gehen, aber schon in den Straßen um unser Hotel herum gab es viel zu sehen. Viele Touristen und viele Geschäfte. Die Tante kaufte sich ein paar Kleidungsstücke. Mama kaufte einen Pullover für Lucy. In rosa. Ich kaufte mir Joggingschuhe. Nike. Sie kosteten die Hälfte von dem, was sie zu Hause gekostet hätten.

Abends gingen wir in ein ziemlich feines Restaurant. Die Tante wollte uns zum Essen einladen. Anschließend liefen wir noch herum und schauten Musikern und Straßenkünstlern vor einer Art Kulturzentrum zu. Lucy hörte gern der Musik zu, aber sie bekam Angst, wenn die Clowns zu laut schrien. Wir gingen ziemlich früh ins Bett. Ich war todmüde, schließlich hatte ich letzte Nacht kaum geschlafen. Trotzdem schlief ich schlecht. Insgeheim hatte ich doch Angst, dass die Frau in dem roten Cabrio nicht auftauchen würde.

Kurz vor acht Uhr standen wir vor dem Hotel. Nicht viel später kam die Frau mit dem Cabrio. Sie hatte ihren Mann dabei. Er war auch sehr nett, konnte aber kein Englisch. Mama lachte, als sie den Wagen sah.

»Und – hast du von so einem geträumt?«, fragte ich.

»Ja, natürlich, genau von so einem.«

Die Frau und ihr Mann halfen Mama ins Auto. Sie schnallte sich an. Dann nahm sie ihre Perücke ab.

»Ich will doch nicht riskieren, dass sie mir wegweht«, erklärte sie.

Ihre Haare waren schon wieder gewachsen. Nicht besonders viel, aber schon ein bisschen. Ein leichter Flaum.

»Jetzt kannst du den Wind im Haar spüren«, sagte ich.

Die Tante machte ganz viele Fotos. Dann fuhren Mama und die Frau im roten Cabrio davon. Wir anderen setzten uns auf die Stühle des Restaurants auf der anderen Straßenseite. Es hatte noch nicht geöffnet. Die Tante versuchte sich mit dem Mann der Cabriofrau zu unterhalten, doch das war schwierig. Er nickte zu allem, was sie sagte, aber uns war klar, dass er gar nichts verstand.

Sie waren fast eine Stunde fort. Dann hielten sie direkt vor uns an. Mama stieg aus dem Wagen. Sie war ganz rot im Gesicht.

»Ui!«, rief sie, »das war vielleicht eine Tour. Wir sind die Champs Élysées hochgefahren, um den Triumphbogen herum und wieder zurück. Richtig schnell. Dann sind wir durch viele andere Straßen gefahren. Jetzt weiß ich wirklich, wie es ist, in einem Cabrio durch Paris zu fahren.«

»Ist alles in Ordnung?«, fragte die Frau im Cabrio.

»Ja«, sagte ich.

Ihr Mann setzte sich wieder ins Auto und dann fuhren sie davon. Wir winkten ihnen hinterher. Nach einer Weile fiel mir ein, dass ich vergessen hatte, mich zu bedanken.

»Ich habe mich bei ihr bedankt«, sagte Mama, »mach dir da keine Sorgen.«

Mama und ich saßen nebeneinander im Flugzeug. Die Tante und Lucy saßen in der Reihe vor uns.

Mama schien in bester Form zu sein. Auf dem Weg zum Flughafen und auch während wir darauf warteten, an Bord gehen zu können, hatte sie viel geredet.

»Hast du es dir so erträumt?«, fragte ich.

»Ja, genau so«, antwortete Mama. »Das war ein fantastisches Wochenende. Tausend Dank.«

»Bitte schön.«

»Ich würde so gern auch etwas für dich tun«, sagte Mama. »Etwas Schönes.«

»Und was?«

»Dir ein schönes Leben bereiten, eine richtige Familie, Sicherheit geben. Ein solides Erbe. Aber das Einzige, was ich dir vererben kann, das ist Lucy. Als wenn du nicht schon genug Verantwortung zu tragen hättest.«

Es war spät am Abend. Die Tante und ich saßen auf Stühlen draußen auf dem Flur. Es waren viele Leute drinnen bei Mama. Die Ärztin wollte nach ihr sehen. Krankenschwestern wollten sie waschen und zurechtmachen. Jedes Mal, wenn die Tür aufging, schauten wir auf. Eine Frau kam heraus. Ich starrte sie an. Es war die blonde Frau. Die norwegische. Die vom Parkplatz. Mit dem Sportwagen. Sie kam direkt auf uns zu und reichte mir die Hand. Ich stand nicht auf, ergriff nur die Hand.

»Hallo«, sagte sie, »ich bin die Krankenhauspfarrerin.«

The Ballad of Lucy Jordan

Shel Silverstein

The morning sun touched lightly on the eyes of Lucy Jordan
In a white suburban bedroom in a white suburban town
As she lay there 'neath the covers dreaming of a thousand lovers
Till the world turned to orange and the room went spinning round

At the age of thirty-seven she realized she'd never
Ride through Paris in a sports car with the warm wind in her hair
So she let the phone keep ringing and she sat there softly singing
Little nursery rhymes she'd memorized in her daddy's easy chair

Her husband, he's off to work and the kids are off to school
And there are, oh, so many ways for her to spend the day
She could clean the house for hours or rearrange the flowers
Or run naked through the shady street screaming all the way

At the age of thirty-seven she realized she'd never
Ride through Paris in a sports car with the warm wind in her hair
So she let the phone keep ringing as she sat there softly singing
Pretty nursery rhymes she'd memorized in her daddy's easy chair

The evening sun touched gently on the eyes of Lucy Jordan
On the roof top where she climbed when all the laughter grew too loud
And she bowed and curtsied to the man who reached and offered her his hand
And he led her down to the long white car that waited past the crowd

At the age of thirty-seven she knew she'd found forever
As she rode along through Paris with the warm wind in her hair

© Elisabeth Tønnessen

Bjørn Ingvaldsen wurde 1962 in Odda/Norwegen geboren. Er war einige Jahre Journalist und arbeitete am Museum für Archäologie in Stavanger. Sein erstes Buch wurde 1995 veröffentlicht, seitdem hat er zahlreiche weitere Bücher geschrieben, für Erwachsene ebenso wie für Kinder und Jugendliche. Seine Titel wurden mit verschiedenen Preisen ausgezeichnet und in mehrere Sprachen übersetzt. *LUCY'S SONG* ist sein erstes Buch, das im Boje Verlag erscheint.

Große Literatur für Kinder

Paula Fox
PAUL OHNE JACOB
Aus dem amerikanischen
Englisch von
Cornelia Krutz-Arnold
112 Seiten
ISBN 978-3-414-82256-7

Jacob ist anders. Pauls kleiner Bruder hat das Downsyndrom. Seit er auf der Welt ist, haben seine Eltern nur noch Augen für ihn. Jeder Rülpser, jedes Lachen wird aufmerksam beobachtet. Paul findet Jacob nur peinlich und zieht sich immer mehr von seiner Familie zurück. Bis er eines Tages beschließt, seinen Bruder einfach aus seinem Leben zu streichen. So zu tun, als gäbe es ihn gar nicht. Doch dann passiert etwas, womit Paul nicht gerechnet hat, und ganz langsam kehrt Jacob in Pauls Leben zurück …

»… nicht nur für Kinder ein Lesevergnügen, sondern auch eine literarische Verlockung für Erwachsene.« NEUE ZÜRCHER ZEITUNG

Boje

Vergessen wollen – erinnern müssen

Elisabeth Combres
DIE STUMMEN SCHREIE
Aus dem
Französischen von
Bernadette Ott
128 Seiten
ISBN 978-3-414-82119-5

Ruanda, 1994: Versteckt hinter einem Sessel, sieht Emma nicht, wie ihre Mutter ermordet wird - aber sie hört es. Allein und verängstigt mischt sich das Tutsi-Mädchen unter den Flüchtlingsstrom, bis sie bei einer alten Frau, einer Hutu, Zuflucht findet.
Die Jahre vergehen, Emma wächst heran. Doch die schrecklichen Erinnerungen kehren stets wieder - in ihren Albträumen. Nur langsam erkennt Emma, dass sie ihrer Vergangenheit nicht entfliehen kann, sondern sich mit ihr auseinandersetzen muss.

»Ein bewegender Roman.« LE QUOTIDIEN

Boje